RECEITA PARA SE FAZER UM MONSTRO

MÁRIO RODRIGUES

RECEITA PARA SE FAZER UM MONSTRO

1ª edição

EDITORA RECORD
RIO DE JANEIRO • SÃO PAULO
2016

CIP-BRASIL. CATALOGAÇÃO NA PUBLICAÇÃO
SINDICATO NACIONAL DOS EDITORES DE LIVROS, RJ

Rodrigues, Mário
R614r   Receita para se fazer um monstro / Mário Rodrigues. – 1ª ed. –
Rio de Janeiro : Record, 2016.

ISBN 978-85-01-10774-9

1. Conto brasileiro. I. Título.

16-34839
CDD: 869.3
CDU: 821.134.3(81)-3

Copyright © Mário Rodrigues, 2016

Todos os direitos reservados. Proibida a reprodução, armazenamento ou transmissão de partes deste livro, através de quaisquer meios, sem prévia autorização por escrito.

Texto revisado segundo o novo Acordo Ortográfico da Língua Portuguesa.

Direitos exclusivos desta edição reservados pela
EDITORA RECORD LTDA.
Rua Argentina, 171 – Rio de Janeiro, RJ – 20921-380 – Tel.: (21) 2585-2000.

Impresso no Brasil

ISBN 978-85-01-10774-9

Seja um leitor preferencial Record.
Cadastre-se em www.record.com.br e
receba informações sobre nossos
lançamentos e nossas promoções.

EDITORA AFILIADA

Atendimento e venda direta ao leitor:
mdireto@record.com.br ou (21) 2585-2002.

Para Samuel e Rafaela, novamente e sempre,
por representarem o fim da viagem, o fim da procura.
Por serem ampulhetas sem areia, por serem
maiores do que o tempo.

Saber saberia depois:
da infância partir
com as orelhas lavadas
do grude adquirido
(...)
o grude escorrendo
no corpo lavado
descer a infância
pelo ralo

(Helder Herik, *Sobre a lápide: o musgo*)

Sumário

Folias	11
Personas	41
Bichos	71
Fêmeas	103
Natureza	123
Métier	143
DNA	173

Folias

1

Toinho me roubou uma dúzia de chimbres. Riu de minha cara e fugiu pra dentro de sua casa. Fiquei à espreita durante horas ao lado da porta. Quando botou o focinho pra fora a fim de bisbilhotar a rua dei um murro nas ventas do safado. Senti o som e a consistência do septo sendo esmagado pelos nós dos meus dedos. E vi o filamento de sangue descer pelos lábios. Depois dei outro murro no olho esquerdo — que ficou na mesma hora roxo e inchado. Minutos depois — já estava na minha casa — a campainha tocou. Era Toinho — com o nariz quebrado e o sangue começando a secar e a empretar e o olho roxo — e sua mãe indignada. Toinho era um covarde. Pediu penico. Foi reclamar pra mamãezinha. O safado me cabuetou.

Mãe usou o fio do ferro elétrico no meu castigo. É a pior pisa que existe. O fio preto zunia no ar e desenhava no meu corpo mapas de dor. E mãe gritava comigo: Como é que você pôde quebrar o nariz do pobre do mudinho? Toinho era mudo. E por ser mudo e por estar submerso ninguém ouviu seu pedido de socorro quando — no dia seguinte — mergulhou no rio e demorou minutos pra voltar à superfície. Ele não voltaria à tona com suas próprias forças jamais. Quando pulou no rio onde os meninos tomavam banho simplesmente ficou preso num pedaço de ferro trazido pela cheia. Morreu afogado e ferido com um ferro na barriga. Talvez pedindo um socorro mudo naquelas bolhas abundantes que brotavam da água turva. Fui ao velório de Toinho — mãe me obrigou. E vi seu olho esquerdo ainda roxo. Um roxo que mesmo as flores e o talco e o pó de arroz não foram capazes de camuflar. Eu havia causado aquilo. Ceguei o olho dele por alguns instantes. Mas a vida ou a morte o cegou pra sempre. E eu era como a morte ou como a vida e por isso não me emocionava. Apenas agia. E me perguntava ainda no velório: Agora que ele se lascou quem é que vai devolver as minhas doze chimbres?

2

Um sábado de Carnaval — há tempos. O menino tinha o queixo defeituoso pra dentro do rosto. E seu lábio era leporino. Devia ser portador de alguma deficiência mental pois não sabia articular as palavras. Embora as cordas vocais — diziam — fossem perfeitas. Todas as crianças normais se sujavam de farinha de trigo e depois tomavam banho no chuveirão que a prefeitura havia instalado no bairro. Eu não estava molhado da água do chuveirão. Tinha minhas próprias brincadeiras. Fazia uma bomba: espécie de seringa gigante. Um cano com uma das extremidades tampada exceto por um pequeno furo e dentro dele havia um cabo de vassoura com um pedaço de solado de Havaianas na extremidade. Funcionavam respectivamente como seringa e êmbolo. Eu destampava fossas e esgotos e recolhia dali — com a seringa gigante — grande quantidade de água fétida e suja. E seringava nas pessoas. O bom era atingir quem não estava na folia. Quando dobrei a esquina com a bomba na mão o menino débil e sem queixo e de lábio leporino carregava com zelo um saco de leite que retirara na padaria com um tíquete fornecido aos pobres pelo governo. O zelo ao carregar o leite era explicável: a mãe lhe confiara aquilo. Depositara confiança nele pela primeira vez. E ele não queria falhar. Queria mostrar à mãe que era capaz. Por isso passou longe da brincadeira e da folia. Mas eu o persegui. Ele tentou fugir. Não queria se sujar. Eu o alcancei. Tentou proteger o rosto da água fedorenta e suja que joguei nele. O saco de leite caiu no chão e estourou. Ele se ajoelhou e tentou — em vão — é claro — colocar o leite derramado de volta ao saco. Foi o primeiro ser humano que vi estourado por dentro. E seus olhos ficaram úmidos e senti e vi e quase peguei no que chamam de derrota. O menino sem queixo fora derrotado por mim. Eu tinha uns tostões no bolso. Poderia lhe ter ressarcido o dinheiro do leite. Poderia ter feito diferente. Mas nunca vi lágrimas tão puras e nunca sorri tanto. Um sábado de Carnaval — há tempos.

3

Gude? Pipas? Pião? Futebol? Esqueça. Nada me animou mais nos meus anos infantis do que uma brincadeira medieval: a malhação do Judas. Aproximava-se a Semana Santa e eu sentia uma espécie de música interna e as refeições diminuíam de tamanho porque aquela expectativa alegre me tirava a fome. Era bom malhar o Judas. Ver seu esquartejamento e depois ver suas partes sendo chutadas e misturadas à poeira e perdidas e jamais reunificadas. Ouvir os gritos ensandecidos de alegria dos moleques. Havia uma logística associada àquela defenestração e àquele linchamento. Dias antes todos confeccionavam seus próprios Judas. E os escondiam. Cabia a cada garoto observar os detalhes e as pistas e os trejeitos e descobrir onde cada Judas estava escondido. Mas mesmo descoberto o esconderijo não poderia ser explicitado. Era preciso guardar o segredo até a meia-noite da Sexta-Feira da Paixão. Só depois os esconderijos eram revelados e os Judas eram desconchavados. Eu era craque em descobrir socavãos. Craque em perceber farsas e falsas pistas. Em descobrir e destruir Judas. E o melhor de tudo é que não havia ódio contra ele. Judas cometera um erro havia 2 mil anos. Não o conhecia mas mesmo assim gostava de me vingar. E concluí: a indiferença violenta dá mais prazer do que a vingança odienta. Hoje o que faço? Continuo a caçar os Judas. Descobrir esconderijos. Identificar farsas. Guardar segredos. E me colocar à disposição da malhação. Caço Judas. Elimino — não por vingança ou ódio — mas com a indiferença do fogo — que destrói tudo que dele ousa se aproximar.

4

Cliente pergunta se eu fiz treinamento militar. Digo não. Continua: E como aprendeu tudo isso? Como suporta tudo isso? Respondo: Fiz treinamento *meninar*. Exemplo: No meu pé esquerdo há uma cicatriz. Mede dez centímetros. Ocupa boa parte da sola do meu pé. Forma um beiço mudo. Lembro-me de como a adquiri. E de como me adquiri. Jogava bola num campo de areia. Próximo a um lava-jato abandonado. Estava descalço. Tinha levado o Bamba. Mas o terreno fofo impedia alguns gingados. Todos optavam por jogar sem tênis. Inclusive eu. A bola saiu pra lateral. Caiu no dique do lava-jato. Entrei no buraco úmido. Fui coberto pela escuridão. Apanhei a bola e na saída pisei em algo. Não notara o pedaço da garrafa de Dreher. Pisei em cheio na base quebrada da garrafa. O vidro deve ter tocado nos ossos do meu pé de tão profundo o corte. O ferrão de uma uruçu gigante me varou dos pés à cabeça. Saí do dique como um saci deixando uma risca de sangue no chão. Sentei no meio do campo. Olhei o corte na claridade do dia. Vi meu interior: várias camadas de pele lacerada. Um buraco vermelho. Aceitei a bondade alheia: os moleques me trataram do jeito convencional entre peladeiros: alguém pegou um punhado de areia e jogou no ferimento pra estancar a hemorragia. Amarraram a camiseta no meu pé e fui pra casa mancando. Não preciso dizer mas digo: levei uma pisa de mãe. E mais: ela não me levou ao médico. O corte imenso não levou pontos. Não foi costurado por fios catgut. Fiquei meses mancando. E qualquer descuido abria o corte. Os lábios da ferida quase não se fecharam. Eu me sentava nas cadeiras de ferros entrelaçados da área de casa com o pé pra cima. Olhava os moleques correndo e eu ali: aleijado. Mas era um treino apenas. Aprendi a conviver com a dor. A não me descuidar. A não confiar na boa vontade de ninguém. A esperar o momento certo pra pisar. E aprendi que vivemos cercados por escuridão e que dentro de nós há uma vermelhidão indomável. Aquele corte fora a primeira vez — mas não a última — que eu espalharia sangue sobre o mundo.

5

Monark Barra Circular. Meu irmão se amostrou durante anos com a bicicleta vermelha de bagageiro cromado. Não me deixava sequer chegar perto. Colocou a bicicleta de cabeça pra baixo e girou os pneus no ar. Encostou minhas ventas nos aros quando alguns dos plásticos coloridos que decoravam os brilhantes raios das jantes sumiram. E aí aumentou a velocidade das rodas à medida que eu não confessava a culpa. Não tinha sido eu. Mas acabei confessando. Pra evitar ficar sem venta. Porém — quando ele me afastou dos pneus e eu já estava alegre — fiquei sem venta do soco que tomei. Antes do desmaio vi o sangue que saía do meu nariz se misturando ao vermelho da bicicleta. Por essas e outras estranhei quando ele me levou ao Alto do Cruzeiro e me colocou no selim de sua Monark. Disse: Hoje você vai aprender a andar de bicicleta. É uma experiência que ninguém esquece. Não sabia que ele comprara uma lambreta. E que agora achava bicicleta coisa de pobre e coitado portanto era coisa minha. Por isso eu não supunha o resultado final. Pensei: Ele não iria ferir algo tão próximo. Algo que o acompanha há anos. Algo que tanto bem fez. Ele não iria ferir sua bicicleta. Apontou a ladeira e disse: Mire o guidão no meio da estrada. Aperte aqui caso haja qualquer coisa anormal. É o freio. Me perguntou: Você tem mesmo coragem? Respondi: Tem graça. Empurro quando estiver pronto — prometeu. Eu não disse já. Mas mesmo assim soltou a bicicleta ladeira abaixo. Mirei o guidão no meio da estrada fugindo dos buracos em suas laterais. Até o meio da ladeira me equilibrei. A bicicleta pegou velocidade. Apertei o freio. Em vão. A velocidade só crescia. Apertei de novo e nada. Olhei pro cabo de aço no quadro da bicicleta: o freio estava rompido. Voltei a olhar pra frente e já não havia equilíbrio. Vi a cerca de arame farpado se aproximar. Dava tempo de uma última oração. Recusei. Meu irmão tinha razão: Não me esqueci daquilo até hoje. Quando alguém me pergunta: Você tem mesmo essa coragem? Digo: A pergunta não é essa. Alguém reformula: Você quer mesmo fazer isso? Respondo: Sim. Eu quero.

6

A tábua deve ser retangular. Duas de suas quinas devem ser serradas de maneira oblíqua. Fixa-se um pedaço de ripa no centro da tábua na extremidade serrada. Fura-se um buraco. Insere-se um parafuso sustentado por uma arruela e uma porca. A ripa servirá de pedal. Essa é a parte dianteira. Na traseira se prega outro pedaço de ripa. Nas extremidades das ripas são colocados rolimãs e depois pregos que não os deixam escapar. O eixo dianteiro se mexe pra esquerda ou pra direita como nos carros normais. O traseiro é fixo. Está feito: um carrinho de rolimã. Sem aquela frescura de pedaço de borracha pra servir de freio. Mas isso todo babaca sabe fazer. E todo babaca sabe descer uma ladeira convencional de barro ou de asfalto e dar um cavalo de pau no sopé. Ladeiras de paralelepípedos: não. Estragam o carrinho de rolimã. Evite. Os tampas de Crush porém escolhiam mesmo era uma depressão. Ladeiras que se encontravam formando um vale. Um carro de rolimã ficava no alto da ladeira um. E o outro no alto da ladeira oposta. Se espelhavam. Os donos se sentavam. E desciam ao mesmo tempo. Na mesma direção. Na mesma trajetória. Na mesma linha. Iriam trombar. Exceto se um dos moleques abrisse. E desviasse seu carro. Claro que se estabacaria mas poderia evitar a colisão. Não preciso dizer como eu usava meu carro de rolimã. Mas não se adiante: você acha que eu sempre era o cara que mantinha a reta e nunca desviava e nunca se arrebentava? Está enganado. Você não está lendo *Capricho*. Às vezes eu evitava a trombada. Abria da parada. Era trabalhoso construir um carrinho novo. Mas uma tarde descobri: meu orgulho vale mais que um carrinho. E a melhor forma de fugir de meus fantasmas é encará-los. Matar fantasmas é mais fácil que matar vivos: basta encará-los. Minha profissão se resume a isso. Descer com o carrinho de rolimã: um alvo sempre à minha frente. Encará-los. E não desviar. Seguir a linha reta. E se arrebentam ao se esquivar. E se arrebentam ao seguir em frente. Só há uma única maneira de escapar de mim: eu é que tenho que abrir da parada. Mas isso ficou lá no passado numa daquelas ladeiras ancestrais. Hoje passo por cima.

7

No intervalo — após a merenda — li a pior notícia de minha vida. Perdi as três aulas seguintes porque estava pasmo com a novidade. Como aquilo pudera acontecer? Ainda estava nas minhas mãos o motivo do terror: Lois Lane havia morrido. O gibi contava os detalhes: ela fizera sexo — finalmente — com o Super-Homem e ficara grávida e o feto crescera e quando tivera suas perninhas formadas e dera o primeiro chutinho — herdara do pai a superforça — estourara os órgãos internos da mãe. A hemorragia se espalhara e Lois morrera. Estava tudo ali no gibi que eu lera no intervalo e ainda não conseguira superar. O toque indicou o fim da sexta e última aula. Todos saíram da sala. Fui o último. Havia diante da escola uma construção de dois andares. Olhei pra cima. Pra janela do segundo andar. Sentado ali — com as pernas pendendo no ar — vi um menino só de cueca. No seu pescoço: um lençol vermelho enrolado. E o moleque tinha olhos azuis intensos. Nos olhamos. Não fiz nada. Não me intrometo em assuntos alheios. O moleque ficou em pé na janela. Olhou o mundo dali de cima e esticou os braços e flutuou no ar — por segundos. Ouvi depois o som de todos os seus ossos se partindo contra os paralelepípedos. Me aproximei. Junto a mim uma pequena multidão de curiosos. Formou-se um círculo. A mãe desesperada tentou abraçar o filho. Alguém a impediu. Era melhor esperar os bombeiros. Um dos olhos do menino permanecia aberto. Me acocorei pra que ele pudesse me olhar. Sua boca de dentes frouxos e sangue se movimentou. Tentava dizer algo. Não pra mãe. Pra mim. Um som gutural foi produzido. E então a pálpebra desceu sobre o imenso céu azul que era seu olhar. E o céu azul virou uma noite eterna de inexistências. Levantei e olhei o corpo do menino. Pela disposição de pernas e braços lembrava uma suástica. O pequeno herói morreu simbolizando a vilania. Caminhei em direção à minha casa. Ainda apertava a história de Lois Lane nas mãos. Os bombeiros passaram por mim. Velozes mas atrasados. Joguei o gibi numa lixeira. Ouvi novamente — agora de maneira nítida — o som gutural produzido pelo menino antes de morrer: Não vale a pena ser um super-herói. Não vale não: eis minha verdade.

8

Exagero. Já fui herói sim. Uma única vez. Mas não é nada de grande impacto. Eu tinha o hábito de ir aos fundos de uma agência do Banco do Brasil. Tinha dois objetivos: ver se algum dinheiro havia sido jogado no lixo — o que nunca acontecia — e recolher ligas de plástico que eram descartadas após perderem a elasticidade adequada. Eram umas borrachas amarelas que eu mais tarde usaria pra amarrar nos dedos e fazer minipetecas e colocar pequenos papéis dobrados e acertar os moleques do primário durante o recreio: o olho dos moleques era meu alvo. Cheguei no começo da manhã pra apanhar as ligas. Só que a polícia me cercou. Pensei: Estou lascado. Nunca achei que furar olho de pirralhos fosse tão grave. Mas o problema não era comigo. Eles me ignoraram e seguiram com suas carabinas e com suas Mausers e Glocks e PTs. Sempre entendi de pistolas. Logo você verá isso melhor. Fiquei perambulando. Com raiva porque não poderia pegar minhas ligas e furar olhos. Com raiva do ladrão mané que vai assaltar logo um banco. Assalta os correios. A rua era oblíqua de modo que quem estivesse nela via o banco no alto. Rodeado por uma fachada de vidro. E como as persianas estavam abertas — ô ladrão burro — via-se toda a movimentação. O cara malvestido e com uma pistola e fazendo uma velha de refém. Uma velha. Até que o bandido não foi tão burro nessa escolha. Juntei tudo numa mesma equação. Ladrão fuleiro e pobre. Nada detectou o metal da arma. Velha refém. E finalmente meu know-how sobre pistolas. Atravessei a calçada e fui até o chefe da operação. Tinha certeza do que estava fazendo. Cochichei algo no ouvido do policial. Ele disse: Tem certeza? Eu disse: É claro. Ele mandou pedir um binóculo e outro especialista. Confirmaram o que eu dissera. A polícia invadiu o banco e deu um cacete no ladrão e tomou sua pistola — de brinquedo e de plástico. Naquele dia limpei o mundo e ganhei como recompensa um saco de ligas amarelas novinhas. Limpar o mundo talvez fosse legal. Mas eu também achava legal furar os olhos dos inocentes. É até hoje a ambiguidade de meu trabalho.

9

Durante anos a escola foi um território sem lei. Os moleques faziam o que queriam. Até surgir dona Clemilda. Vinda ninguém sabe de onde. Era uma negra de dois metros de altura. O cabelo pixaim era imenso e ostentado com um orgulho raro. Seus olhos eram vermelhos. Ela impunha medo aos bagunceiros. Pouca coisa mudou em minha vida. Sempre fui um aluno-moita. Nunca fiz questão de aparecer. Mas ela fizera algo excepcional. Dona Clemilda era precisa. Nunca se atrasava e nunca faltava. No final da aula também: ela jamais roubava um minuto dos alunos. Às 12h30 tocava a campainha. Então eu saía correndo. Ignorando colegas descia pela rua tropeçando. Até chegar em casa e ligar a TV. Finalmente eu conseguiria assistir: *Caverna do dragão*. O grande desenho. O meu preferido. O mais sombrio de todos os desenhos da década. Hank e Sheila e Erik e Presto e Diana e Bobby são mandados de um parque de diversões pra um universo paralelo: um mundo místico-mágico-medieval. Lá se tornam personagens guerreiros: Ranger e Ladra e Cavaleiro e Mago e Druida e Bárbaro. Enfrentam poderes maléficos. E como se não bastasse aparecem o Mestre dos Magos e o Vingador e Tiamat — entre outros. Ainda há a Uni. Um unicórnio anão e idiota. A ideia geral é que os garotos voltem pra casa. E eles nunca voltam. Foram dezenas de episódios mas nunca houve um final. Quem diria o que eu — aquele moleque bobo — me tornaria: A caverna do dragão. Sim: ofereço viagens pra outros mundos — dos quais não há volta. Ofereço oportunidade de transformação e de redenção. Dizem que o último episódio do desenho guarda surpresas: os personagens bons são maus e os maus são bons. Mestre dos Magos é safado e Uni é um demônio-espião. No final também não saberemos: sou mau ou bom? Altas surpresas. Ou como no desenho: simplesmente não haverá um final. E ponto. De qualquer forma deixei de assistir a *Caverna do dragão*. A diretora foi trocada. As aulas voltaram a ser tocadas de modo irresponsável. Dona Clemilda morreu. Levou uma chifrada de uma cabrita. O negócio infeccionara. Houve septicemia. Ela perdeu a perna e depois a vida. Uni e supostos inocentes em geral: vocês nunca me enganaram.

10

Entre a falanginha e a falangeta do meu indicador direito há um calo seco: deficiência resultante de anos e anos de trânsito da ponteira que servia pra enrolar o pião. Há em meu ouvido um calo sonoro: o som dissonante dos piões feitos de goiabeira. Comprava-se o pião: linhas vermelhas e azuis circundavam a madeira. Logo a ponteira branca ou azul — a preferida — tratava de descascar a pintura e revelar a real essência. Havia o castelo: era preciso podá-lo para que a ponteira não ficasse enroscada nele. O bico era substituído. E no lugar se colocava um prego. A decadência revelava o verdadeiro pião. A decadência revelou o verdadeiro eu. A pintura altruísta foi tirada: surgiu minha real essência. Minha mente foi podada: nenhum remorso ou dó fica enroscado em mim. O bico é o que mantém o pião girando: então o que me mantém de pé já foi trocado há tempos. Mas não era só isso: havia as brincadeiras com os piões. Uma delas: o boi. Fazia-se um círculo e — no meio da circunferência — enterrávamos um pião. O objetivo era desenterrá-lo e tirá-lo do boi. Utilizando pra isso os outros piões. Ou seja: resgatá-lo à base de cacetada. Quem desse a cacetada final e o tirasse do boi era o dono. O pião jogado que morresse — parasse de girar — dentro do boi estaria perdido. O jogo do boi é o jogo da minha vida. Procuro aqueles que estão enterrados em si mesmos. Meu trabalho: tirá-los dali. Tirá-los do boi que os constrange. Óbvio: pra isso uso cacetadas. Assim era. Assim é. Se um dia eu falhar — e parar de girar — estarei perdido. Nunca falhei. E aguento os custos. Eu fazia quase tudo com o pião: puxava-o pra mão — jogá-lo no ar e puxá-lo com a ponteira e com a mão espalmada pegá-lo girando antes que tocasse o chão. Puxava-o pra unha: o mesmo processo só que o pião parava na unha do polegar e não na palma da mão. Mas há algo que nunca fiz. Só vi um sujeito de barbas ruivas fazê-lo. Jogava o pião na calçada. Apanhava-o com os dedos da mão direita e o colocava na palma da mão esquerda. E o pião não morria e não parava de girar. Manipulo: puxo pessoas pra mão e pras unhas. Envolvo pessoas em ponteiras. Mas nunca consegui tocar em alguém com meus dedos e vê-lo continuar a rodar. Sempre morrem. Isso deve significar alguma coisa.

11

Havia algo mais esperado que o Carnaval. Eu olhava o céu cheio de esperança. Até que em algum momento no fim/começo do ano começava a nevar. Não flocos brancos idiotas. Mas cerdas negras. Com a mão espalmada eu apanhava aquelas cinzas para não deixá-las se espatifar. Era o sinal: a queima da cana começara. Depois viria o período da colheita e da moagem. Nos meses iniciais do ano se tornavam comuns os caminhões-gaiola. Eles passavam por dentro da cidade a caminho das usinas. Do meio-fio eu via deslumbrado aquele bando de cana enegrecida pela queimada passar por mim na sua uniformidade decrépita. Corria atrás dos caminhões-gaiola e pegava bigus. Me pendurava na armação do caminhão e arrancava canas do bagageiro e as jogava na rua pra que depois pudesse recolhê-las. Algumas canas eram esmagadas pelos pneus rombudos e duplos dos caminhões seguintes quando passava um comboio. As que sobravam eram recolhidas por mim. E de volta ao meio-fio chupava as canas. Ninguém era doido de me emprestar uma peixeira. Eu segurava as extremidades da cana e mordia a casca e a arrastava com os dentes. Bocas sensíveis seriam cortadas. Dentes fracos seriam trincados quando pressionassem os nós da cana. Os beiços e arredores ficavam pretos. Mas o que mais gostava era do líquido açucarado: eu dobrava a cana com o joelho e depois a retorcia sobre a boca aberta e o caldo enegrecido por fragmentos de folhas queimadas descia até minha goela. As canas que eu não roubava seguiam em suas gaiolas até a usina e lá viviam suas sinas: álcool ou açúcar ou aguardente ou bagaços e bagaços. Você deduz que faço isto com meus clientes: queimo e corto e esmago e arranco a casca com os dentes. Mas se engana. É a própria vida que faz isso conosco: ela nos queima e nos corta e nos esmaga e tira nossa essência e nos deixa apenas: bagaços e bagaços. Escapei de tudo: da queimada e da foice e dos moleques ladrões pegando bigus. Mas da moagem final é impossível escapar. Nunca vi uma cana reclamar ou sorrir ou chorar. Assim não sejamos frescos e dramáticos. Também em meu caso a neve escura — cerdas negras que anunciam o começo do fim — começará um dia a cair lentamente.

12

Fabinho era o único cara da classe que possuía um Atari. Os avós — que vieram de Minas Gerais — eram fazendeiros ou coisa parecida. Numa sala separada das demais estavam os aparelhos eletroeletrônicos. A TV em cores era uma novidade e o aparelho três em um também. Lá em casa tinha tudo isso: no quarto de mãe. Na nossa sala havia uma TV preto e branco com um botão redondo que estralava cada vez que o canal era trocado. Pedir um Atari à minha mãe? Faz-me rir. Fabinho era gentil. Levava todos pra sua casa. Fornecia lanches. Ligava o videogame e botava o cartucho que os amigos escolhiam. Os controles passavam de mão em mão. Havia *Pac-man*: o come-come. O bicho na maior parte do jogo era comido por fantasmas

— eu estava fora daquilo. Havia também o *Pitfall!*: um louco nas antigas terras maias enfrentando crocodilos e escorpiões e cobras — não iria pular em bichos que no futuro seriam meus animais de estimação. Havia o enduro: mas o Opala de mãe não deixou em minha memória boas recordações. Mas — ainda bem — havia o *River Raid*. Era quando eu pegava o controle. O aviãozinho começava a sobrevoar o rio e eu me deixava morrer. Todas as vidas. Exceto uma. Quando tinha apenas uma vida aí eu começava a destruir. Começava a jogar. Sem segundas chances. Claro que nunca consegui zerar o bicho. Na maioria dos casos eu morria logo. Não importava. Era isso o justo. O certo. Uma vida: só. Quando peguei a namorada de Fabinho — e ele descobriu — eu poderia ter me lembrado de nossa amizade. Mas sabia que era só uma oportunidade que temos: e fazemos escolhas e temos que carregá-las. Não jogo mais Atari. Mas continuo com a mesma mentalidade. A vida é uma só. Não gosto de continuações: elas estragam o roteiro original. Quando meus clientes pedem uma segunda chance eu não dou. Nunca quis. Portanto nunca forneço. É como eu disse um dia ao dono do videogame que me perguntou o porquê da traição: Já era. Já peguei. E é assim que deve ser.

13

O Pluto era sacaneado e queria se vingar. Aí aparecia o Plutinho com asas de anjo e auréola mandando o Pluto perdoar. Depois aparecia o Plutinho com rabo pontudo e tridente numa espécie de fumaça e dizia pro Pluto retaliar. Ficaria mais fácil dizer que um era branco e o outro vermelho. Mas só soube disso adulto. TV em cores só no quarto de mãe — como você já sabe. O Pluto ficava indeciso. Geralmente ele escolhia o bem e por isso era recompensado. Nas poucas vezes em que cedeu ao mal da vingança se lascou. Comigo não foi assim. Cada vez que eu havia que tomar uma decisão não aparecia nem Anjo pra me aconselhar nem Cão pra me atanazar. Não sei por quê. Mas tinha uma desconfiança: quando eu tinha 5 anos nasceu por trás da minha orelha um abscesso. As pessoas olhavam para aquela bolha de pus e ficavam chorosas — o troço devia ser grande mesmo. Diziam: Tão novinho e já condenado. E que ironia: hoje sou velho e nunca fui nem serei condenado. Depois de meses mãe notou aquilo. Fomos pro hospital. Deitei numa cama de ferro. Cheirei uma droga qualquer. Aquela misteriosa bolha de pus havia sumido quando acordei. Mãe disse que o negócio havia sido sajado. Sajar quer dizer drenar. Sobrevivi. Cresci. Comecei a tomar decisões. Acho que naquele hospital esquisito com aquela cirurgia esquisita sajaram algo do meu cérebro: tiraram fumaças e nuvens de onde apareceriam anjos e cãezinhos. Portanto: sou o único responsável por minhas ações. Nunca fui influenciado. Não há nenhum atenuante. Foram escolhas: me guiei pela vingança e pela praticidade. Descobri depois que Pluto também é o nome do deus grego da riqueza. Zeus o cegou pra que ele distribuísse riquezas pros bons e também pros maus. Eu poderia me inspirar nesse sujeito: distribuo — não riquezas — pra culpados e pra inocentes. Mas não foi o deus grego que me inspirou nem ao Walt Disney. O nome do cachorro é em homenagem a Plutão — recém-descoberto na época. O planeta frio e inacessível. O planeta como eu. Me corrijo: recentemente Plutão deixou de ser planeta. E um dia deixarei de ser o que sou? Um dia terei sajado o que me guia? Não responda. Ninguém nunca influenciou os meus passos.

14

Era simples e era legal. Era rápido e rasteiro: jogo de damas. Bastava uma superfície plana pra que nela fossem pintados quadrados alternados em preto e branco e já tínhamos um tabuleiro. Quanto às peças: era mais fácil ainda — tampinhas de garrafa ou plásticos recortados em círculos. Ou então você ia ao supermercado e comprava o joguinho industrializado porque era e ainda é o mais barato. Mas além de tudo isso havia o motivo principal que me fazia gostar tanto do jogo de damas — e não era o nome: foram poucas as damas — damas mesmo — que eu carimbei. O motivo era: você elimina as peças adversárias e você arma estratégias que levam suas peças a destruir as outras. E vence quem não deixa nada do inimigo sobre o tabuleiro: vence quem chacina primeiro. O jogo de damas foi um sucesso até o dia em que apareceram outros inventos. Inclusive o mais imbecil deles: o resta um. Para eliminar um pino bastava passar um por cima do outro. Até aí tudo bem: igual a damas. Mas o tabuleiro era diferente. Em quase todos os casos tinha o formato de cruz. E o jogo acabava quando sobrava um pino — de preferência no meio da cruz. O resta um virou febre. E ficou difícil achar um parceiro pra jogar damas. Realmente não sei o que a vida estava pensando. Ela deveria ter jogado damas comigo. Deveria ter eliminado todos nós. Mas escolheu o joguinho errado: resta um: eu. E mais do que isso: restei sozinho numa sala com o corpo assassinado de minha mãe sobre o sofá. Mas tive sangue-frio pra revistar meu passado e me entender. Antes de me perder no oco do mundo prometi um dia voltar. E acertar o jogo com a vida. Só que o meu continua sendo o jogo de damas: em que não sobra nada do derrotado. Foi difícil achar o tom. Tive que esperar crescer. Tive que juntar uma grana. Tive que arquitetar um tabuleiro. Mas de repente estou aqui. Diante da vida. Jogando com a vida. E espero o movimento final que devorará a última peça que sobrou: eu. E não existirá mais nada. Nada.

Personas

1

Zé Papão era um desses casos clássicos de destruição pelo alcoolismo. Diziam que era de família rica e que abandonara tudo por causa da cachaça. Ele estava mijado e cagado na sarjeta perto de minha casa quando o vi pela primeira vez. Os cabelos eram duros e amarfanhados e brancos de tanta lêndea. O rosto estava descascando por algum motivo. E a barba era assanhada e bicolor: a acidez do álcool descendo pelos dentes preto-podres e pelos lábios rachados mudou a cor dos fios abaixo da boca. E era magro. Roupas escuras e fedorentas completavam seu corpo. Zé Papão não tinha ocupação e vivia de esmolas. Pedia dinheiro e cachaça. Mas o povo não dava cachaça. Dava apenas comida. Ele bateu lá em casa. Pediu dinheiro.

Mãe deu frutas: seriguelas excessivamente maduras com as peles rompidas e um gosto azedo. Ele não agradeceu. O que irritou mãe. Ela entrou na casa e o deixou plantado na rua com as frutas na mão. E eu o observei. Ele me olhou e disse: Eu não quero comida, menino. Eu quero é cachaça. O tempo passou e ele ficou cada vez mais esquálido e menor. Crescia e via Zé Papão diminuir. Os cachorros lambiam sua boca perebenta e as úlceras onde pousavam moscas que começavam a tomar conta de suas canelas descascadas. Até que ganhei meu primeiro dinheiro. Procurei Zé Papão. Me lembrei de sua frase: Eu não quero comida, menino. Eu quero é cachaça. Comprei uma garrafa de aguardente. Deixei-a nas mãos de unhas pretas de Zé Papão. Ele não agradeceu. O que não me irritou. Esperei que ele bebesse e esperei o *delirium tremens*. Ele tremeu e se contorceu no chão e na lama aos meus pés. Mas logo aquilo me cansou. Era algo como um gogo ou um muçum gosmento se contorcendo sem noção de pernas e braços. Fui embora. Eu estava sentado na calçada de casa quando soube que Zé Papão morrera de coma alcoólico. Ia comer seriguelas. Lembrei-me do meu primeiro encontro com ele — há anos. A lembrança me deu mais fome. Devorei as frutas em homenagem ao cachaceiro morto.

2

Tive um tio que diziam ser homossexual. O que era um erro. Se ele fosse homossexual: eu o admiraria por sua macheza. Era preciso ser muito macho para ser gay onde fui criado. Meu tio era outra coisa: era uma bicha-louca. Era o que vulgarmente chamam papa-anjo. Me lembro de quando ele fazia festas de Cosme e Damião pras crianças paupérrimas. Escolhia as mais tolas no meio daquela molecada e as levava pros fundos da casa de minha avó. Prometia pipocas e doces. Abusava das crianças fossem elas de sua parentela ou não. Por algum motivo ele nunca abusou de mim. Eu impunha certo respeito ou provocava medo nele. Sei lá por quê — eu era mirrado. Acho que ele queria e via em mim um discípulo ou algo assim. Deixava sempre à minha vista os seus assédios e os seus métodos. De certa forma me oferecia seu estilo de vida e seus escravos e suas vítimas. Era meu único tio. Me pediu duas coisas quando pegou aids — foi um dos primeiros na cidade — e a doença se disseminou. Pediu que eu destruísse seus apetrechos e lembranças e depois que eu o matasse pra livrá-lo da dor e da vergonha. Não o matei. Tomei conta dele com zelo e cuidado. Limpava suas fezes ralas e sua urina opaca. E ele me olhava: um olhar vermelho difuso como o de uma lebre moribunda. Como pudemos conversar tanto sem utilizar palavras? Vi lesões descoradas surgirem no seu corpo e vi seus gânglios incharem. Vi a magreza mórbida revelar seus ossos e um revestimento espesso esbranquiçar sua língua. Vi o desespero nos seus olhos e vi suores noturnos. Vi o vômito que muitas vezes em madrugadas frias serviu a ele de lençol. Vi a obliteração total de sua libido doida. Não abreviei o sofrimento dele. Me lembro de seu último olhar: um olhar perdido que observava o sol que se punha na moldura formada pela janela do quarto. E o olho dele brilhou: era sua última alegria. Fechei a janela e puxei as cortinas. Ele merecia enfrentar o fim sozinho e sem paliativos. Ele não merecia o pôr do sol.

3

O único bom professor que tive foi o de redação. Ele conseguia juntar todo aquele emaranhado teórico e chato e trazê-lo pra nossa realidade. Sem aumentar a voz — apenas estalando os dedos — como fazem com os cachorros — conseguia o silêncio completo da sala com cinquenta adolescentes. Entendia da sua profissão — também entendo da minha. Ele sabia como usar o carisma pra mostrar na prática o poder de persuasão que explicava na teoria — também uso o meu carisma pra convencer meus clientes. Uma vez ele explicou que a pontuação é opcional em alguns casos. Aquilo foi um alívio pra mim. Nunca gostei das frescuras das vírgulas e das reticências e afins. Só gosto do travessão porque lembra uma facada.

E do ponto porque lembra um tiro. E dos dois-pontos porque lembram um cano duplo. Outra vez o professor mostrou um vídeo: no país havia 20 milhões de famintos. Mas eu não me comovi. É claro que as meninas da sala suspiravam por aquele sujeito demagogo — também ouço suspiros e nem sempre são apaixonados. Numa segunda-feira ele não chegou no horário e todos se perguntaram por quê. Ele nunca se atrasava. Um chato de voz aguda ficou no seu lugar a partir daquele dia. No intervalo ficamos sabendo o que acontecera. Uma menina da sala o acusara de assédio sexual. Ela havia aparecido com a blusa rasgada. Ninguém na sala acreditou. Todos sabiam que era ela quem o assediava. Era conhecida como corrimão. Mas ninguém tinha provas concretas pra inocentá-lo. Só eu. Isso mesmo: eu. Pegara emprestada uma câmera JVC. Já falei que meu hobby é fotografia. Mas sempre gostei de experimentar novas tecnologias. Estava sozinho num corredor mexendo na JVC e fazendo panorâmicas artísticas e — sem querer — filmei uma briga. A filmagem mostrava o exato momento em que o professor rejeitou a garota e ela rasgou a blusa e disse que ele iria se arrepender. Uma cena de um filme B qualquer que ela decorou. Mas não fiz nada com o vídeo. O professor foi realmente demitido e acho que foi até preso. Tentativa de estupro ou coisa que o valha. Eu não me comovi — a comoção é também opcional em alguns casos.

4

Que o menino era um bastardo todos sabiam. O que só eu sabia é que — além de bastardo — ele era filho de um incesto. Mãe era médica e dirigia uma maternidade e contava tudo o que acontecia no trabalho. Todos se afastavam do bastardo na escola particular onde estudávamos. Ele era — além de bastardo e além de filho incestuoso — um bolsista. Não tinha amigo e era meio nerd. Os professores — temendo sei lá que sanção social — não o tratavam com a mesma atenção que era dedicada aos demais garotos. Eu tinha comprado naquele ano seis bombas gigantes — peidos de velha. Os cretinos soltavam as bombas na noite de são João pra destruir fogueiras alheias. Que bobagem. Guardei as seis bombas durante as férias. Levei-as pra escola na volta às aulas. A ação exigia engenhosidade e rapidez. Joguei os peidos de velha ao lado das seis privadas do banheiro masculino. E corri. Colidi com o bastardo na porta do banheiro. E caímos sentados ridiculamente. Ele era o faxineiro do colégio: pagava seu material didático assim. A série de seis explosões fez com que as aulas fossem interrompidas. A diretora cheirou a mão de cada um dos mil alunos buscando algum resquício de pólvora. Ela devia assistir a muita série americana. Não encontrou nada. Mas com o tempo acharam um suspeito: o bastardo. Ele tinha as chaves do banheiro. Estava no colégio na hora da explosão. Não viu nenhum suspeito. E era bolsista. Decidiram que ele era o culpado. Chegaram a pressioná-lo e ele disse que não sabia dizer quem foi. Ninguém o defendeu. Ninguém se acusou. Muito menos eu. Foi expulso do colégio e perdeu a bolsa pra sempre. Mas não me entregou. Foi leal. Porém esse não é o fim da história: eu estava visitando o trabalho de mãe — o hospital — anos depois. O bastardo chegou com um problema de saúde complicadíssimo. Não havia mais tempo pra nada. Ele iria morrer ou talvez ficar inválido. Ele disse — uma súplica guardada durante anos: Você se lembra de mim? Me ajuda, por favor. E eu disse: Você está me confundindo. Nunca te vi.

5

Quase tive um amigo. Nego Laércio — era preto retinto — não tinha amigos e não tinha mulheres. A sociedade em que estávamos inseridos era racista demais pra aceitá-lo daquele jeito e com aqueles modos. Ainda por cima era neto da catimbozeira mais famosa da cidade. Não sei por que ele cismou comigo. Quis ser meu bróder. Roubava as macumbas da avó — amendoins e pipocas e cachaças — e me entregava. Eu comia tudo mas vetava sua amizade. Não queria que me vissem com aquele tição. Às vezes ouvia suas lamúrias quando era impossível me dissociar dele. Foi abandonado pela mãe. Era criado pela caridade da avó e escravizado pela crueldade das tias. Nada nele merecia elogio: feio e ruim de bola e fraco nas brincadeiras. Cometia pequenos furtos. Pulava o quintal de alguém e roubava o que achava. Encasquetou comigo talvez porque eu andava só e sumia durante o dia inteiro caçando passarinhos ou pescando — sempre alheio às besteiras dos outros garotos. Insistiu tanto que um dia o levei a uma pescaria. Eu pescava de loca. Apanhava na casa de farinha uns litros de manipueira — um líquido cheio de toxicidade que se adquire à medida que as mandiocas são prensadas — e ia pro rio. O rio era intermitente naquela época de seca e com algumas poças isoladas. Eu jogava a manipueira lá e esperava. Depois de quase uma hora os peixes bêbados vinham à tona pra respirar e eram capturados. Mergulhava rente às pedras e — submerso — enfiava a mão na loca entre a areia e a pedra e capturava os últimos peixes. Eu poderia ter afogado o Nego Laércio ali mesmo pra me livrar de sua presença incômoda. Mas não sou tão mau assim. Naquela pescaria levei outra substância além da manipueira. Separei dois caritos e um chupa-pedra e uma tilápia e os empanturrei da substância. Quando Nego Laércio veio à tona — sem pegar nada: é óbvio — eu disse: Toma. Leva isso pra tua família. E vê se eles gostam mais de você. Ele pegou os peixes — agradecido — talvez lágrimas ou água do rio nos olhos — e fomos embora. No dia seguinte: toda a família dele foi parar no hospital. Eles não morreram. Só tiveram urticária. Era uma pegadinha e não uma chacina. Já disse: não sou tão mau assim. E quase tive um amigo.

6

A bodega de seu Duda era uma daquelas biroscas de ponta de rua. Um pega-bêbado. Havia nas prateleiras mais altas garrafas de Pitú empoeiradas. Nas prateleiras medianas viam-se latas abertas de manteiga protegidas por um plástico todo melado e oleoso. Ao lado havia pedaços de charque mal cortados. Emoldurando tudo havia sacos de pipocas amanteigadas e/ou doces. Moscas flanavam naquele ambiente dominado por elas. No balcão: uma resma suja de papéis pardos e um recipiente colorido e giratório com oito bocas azuis onde eram guardados os confeitos. Abaixo do tampo do balcão uns pães velhos e endurecidos. Novamente: havia moscas sobre eles e grudadas neles. A venda ficava próxima ao Centro Social. Saindo da quadra eu corria pra bodega de seu Duda. Comprava picolé de saquinho pra aliviar a sede e o calor. Seu Duda sempre me roubava. Era um velho safado. Ele nunca dava o troco. Você podia entregar a moeda que fosse ou a cédula que fosse e ele a guardava e dizia que foi a conta certa. Não havia o que fazer: era a palavra dele contra a minha. O senhor — pai de quinze filhos — contra o moleque desordeiro. Mas o pior era o sorriso na cara dele por trás do bigode sujo e amarelado pelos cigarros de fumo. Era um sorriso sarcástico que nunca esqueci. Eu dizia: Dei cinquenta. E seu Duda respondia: Cinquenta nada, você deu só dez. E vai-se embora senão tomo o picolé. E sorria. Pensei em me vingar de seu Duda mas não houve oportunidade. Eu era apenas um menino e os quinze filhos dele sempre atrapalhavam meus planos. Mas foi um desses filhos — criado à custa de muito troco roubado — que cortou a garganta do velho Duda pra ficar com o apurado depois de uma festa de são João. Eu já não era menino quando isso aconteceu. Já estava longe dali. Daquele universo. Mas fiz questão de fazer a viagem. Dar o último adeus a seu Duda. Entrei no velório. Abri a boca morta do velho e enfiei uma moeda de cinquenta centavos garganta abaixo. E disse: Toma. E dei um sorriso irônico pro velho safado. Todos os meus clientes devem ser gratos a seu Duda. Não sou como ele. Sou coerente. Cobro o que é válido. E deixo sempre uns trocados a quem de direito. Pode demorar: mas dou sempre o troco.

7

As remelas secas nos seus olhos são a mais viva lembrança que tenho dele. Cambaleava sustentado por muletas obsoletas. Tivera paralisia infantil. Suas pernas eram secas e tronchas. E um dos braços era bem mais fino e frágil do que o outro. Era conhecido como Papa. Durante anos frequentou a maternidade. Chegava no começo da noite. E esperava a sobra das papas das crianças pra se alimentar. Aquela era a única refeição que ele fazia durante o dia. Por isso o chamavam de Papa. Mas ele corrigia: Papa, não. Meu nome é Ednaldo José de Oliveira. Era um sujeito que não faria mal a ninguém. Esquálido e manso. Conheci Papa enquanto esperava mãe largar do trabalho pra me dar uma carona até nossa casa: o plantão dela era das sete da manhã às sete da noite. A tradição de darem papa ao Papa acabou quando mãe assumiu a chefia da maternidade. E convocou os seguranças e disse: Papa está proibido de pisar na minha maternidade. Eu era criança na época. Mas me lembro da noite em que os seguranças vestidos de azul-escuro seguraram Papa e as muletas e os jogaram na avenida que dava acesso à maternidade. Poderiam ter escoltado o aleijado. Mas preferiram fazê-lo aos safanões. Na frente da maternidade havia uma avenida dividida por canteiros. Nestes havia amendoeiras e embaixo das amendoeiras havia bancos de concreto. Eu estava sentado ali. Comia um pacote gigantesco de Fandangos. Papa chorando e sangrando e manquejando parou diante do banco. Estava faminto. Ele percebeu que eu estava saciado. Pois eu brincava de jogar o salgadinho pra cima e tentar apanhá-lo com a boca: na maioria das vezes a comida caía no chão. Papa estendeu a mão pedindo um punhado de salgadinho. Olhei pra ele e disse. E disse? O que foi que eu disse mesmo? Às vezes minha memória sofre esses lapsos. Mas quando fecho os olhos — e pressiono as têmporas — as lembranças emergem. Olhei pra ele e disse: Apanha aí. E joguei o resto dos salgadinhos no chão sujo. Seria muito difícil pra ele se abaixar. Ele teria que rastejar. Pisei nos salgadinhos. E voltei pra casa caminhando. Não esperei pela carona de mãe naquela noite. Nem nas seguintes. A partir dali eu não pegaria mais nada com ela. Tudo dela já estava em mim.

8

Meu primeiro patrão: o Homem da Cobra. Chegava à cidade numa Kombi toda primeira sexta-feira do mês: a fim de vender produtos na feira do sábado. Eu o ajudava a armar a banca. No sábado eu passava boa parte da manhã ao seu lado. Ele vestia um paletó e uma gravata fubazentos e tinha um microfone ao peito: como o de Sílvio Santos. Do lado havia — além das pomadas — uma caixa de madeira com buracos. Ele começava falando sobre os milagres do remédio que curava tudo. Reumatismo. Furúnculos. Inchaços. Torções. Impotência. Nada resistia à pomada. O povo o escutava. Mas a admiração surgia quando ele pegava a tabica e começava a bater na caixa e a xingar a cobra: Já, já, a rapariga sai aí de dentro. Sai, bicha feia, e mostra o focinho.

E a cobra saía meio bêbada e ele a colocava no pescoço. E a abraçava. E sorria com seus dentes de ouro ao sol. E por fim beijava a cobra na boca. Depois do show começavam as vendas. Eu entregava as pomadas — quem comprava três levava uma de lambujem. Era uma pasta incolor: parecia gel de cabelo dentro de uma latinha redonda e achatada como as de Minâncora. Depositavam o pagamento numa sacola de tricô: era impuro para aquele sujeito ou pra seu assistente — eu — pegar em dinheiro. Recebia meu salário no final da feira e um afago na cabeça e só o veria no outro mês. Meu pagamento veio menos que o combinado num dos sábados. Voltei pra Kombi a fim de reclamar quando notei o erro. Foi aí que tive a revelação. Não me refiro ao fato de que era ele quem produzia as pomadas com sebo de porco e sabão de coco Jabacó e não com banha de cobra. Isso ele próprio já tinha me mostrado num gesto de confiança. O que me surpreendeu foi a pessoa que estava dentro da Kombi com ele: mãe. O Homem da Cobra tinha um caso com ela. Vi várias vezes nas feiras sua língua em ação pra conquistar mulheres. Mas não supunha que mãe seria também envenenada. Admito que o cara era corajoso. Beijava cobra na feira. E beijava depois a cobra na Kombi. Era mesmo bom em usar a língua. Não briguei. Não fiz escândalo. Perdi dinheiro e ganhei uma lição: o Homem da Cobra era só uma metáfora. Era só um vendedor. Entendi que eu também seria uma metáfora: um vendedor.

9

Toda rua tinha um velho chato e cabueta. Na minha não podia ser diferente. O nome dele era Amadeus. Se a bola batesse no meio-fio e subisse e caísse na casa de seu Amadeus: já era. Ele rasgava a bola. Se uma pipa caísse no quintal do velho: esqueça. Ele incinerava a pipa. Era magro e cabeçudo. Abotoava a camisa até o último botão. E penteava o cabelo ao meio e o enchia de brilhantina Glostora. Usava camisa e calça brancas. Seus sapatos pretos estavam sempre engraxados. Ninguém jamais o viu com uma mulher. Levei prejuízos graças a seu Amadeus. Mas reconhecia que ele tinha os direitos dele. Certa tarde — ao voltar da feira — ele não percebeu quando seu relógio Orient caiu na rua. Apanhei o relógio. Poderia me vingar do velho e roubar o objeto.

Mas não o fiz. Poderia ter quebrado o relógio e deixado os cacos na casa dele — como ele fazia com os brinquedos. Mas não o fiz. Fui à casa de seu Amadeus e toquei a cigarra. Ele veio atender e me olhou desconfiado: O que é que você quer? Saia já daqui. Eu poderia ter ido embora dali mesmo. Mas não o fiz. Estiquei a mão. Disse: O senhor deixou cair seu relógio. Ele não agradeceu. Só uma brincadeira nunca me levou à casa do velho: polícia e ladrão. Não gostava de brincar daquilo. Uns moleques se escondiam e outros os caçavam. Era um saco. Eu ficava sentado no meio-fio olhando o movimento. Eu não era polícia nem ladrão. Uma noite se esconderam na casa de seu Amadeus. Amassaram todas as flores do seu jardim. Ele ficou furioso. Procurou culpados: me viu sentado no meio-fio e não teve dúvidas. Foi a minha casa e me cabuetou. Eu disse que era mentira: não era polícia nem ladrão. O velho disse: Ladrão você é. E contou uma versão mentirosa sobre o relógio Orient. Mãe me deu uma pisa na frente do velho e ele sorria. Depois ela me proibiu de sair do quarto à noite durante seis meses. A primeira coisa que fiz quando o castigo acabou foi tocar a campainha de seu Amadeus. Reconheço que também tenho meus direitos. Estava escuro. Seu Amadeus me reconheceu pela voz. Pareceu tomar confiança: Então, veio me trazer outro Orient? Eu disse: Não. Vim desorientar o senhor. E nos próximos seis meses o velho Amadeus não saiu de seu quarto — nem de sua cama.

10

Nunca fui cachaceiro. Mas aos 16 anos — o buço aparecendo e as costeletas se misturando ao cabelo — criei minha tradição no quesito boteco. Eu ia ao Bar da Val. Pedia uma lata de Pitú. E como tira-gosto: fígado de alemão. Chamava aquelas noites de Quinta sem Lei. Ia sozinho e chegava por volta das dez. Depois de beber metade da lata de aguardente escolhia uma garçonete. Geralmente a negrinha roliça de cabelo pixaim e olhos cor de mel e pernas grossas que não sei por que viviam brilhando. Quando ela não estava eu partia pro outro extremo: a ruiva magrela e altona. A abordagem era: a garçonete trazia outro prato de fígado de alemão e botava na mesa. Recolhia o braço e eu a segurava. Dizia: Senta aqui. Ela olhava pra Val. E recebia a licença: sentava no meu colo e nós bebíamos e comíamos e íamos pra um dos quartos na casa ao lado do bar. Se eu chegasse e outro cliente estivesse com as garçonetes — paciência. Bebia outra lata de Pitú e voltava pra casa. Era um comércio tradicional e honesto. Numa quinta eu estava com a negrinha e apareceram quatro caras num Fiat 147. Tinham entre 20 e 25 anos. Foram me abusar. Tiraram a garçonete do meu colo. É claro que não abri da parada. Joguei cachaça nos olhos do primeiro. Levantei. Dobrei a cadeira de metal. Rodei o negócio na cabeça do segundo. E na barriga do terceiro. O quarto foi quem me derrubou. Não sei como. Só vi o breu. Me jogaram no meio-fio. E me deixaram na sarjeta. Se divertiram com as garçonetes. Acordei no momento em que saíam do bar. Tiveram a ideia de me dar outra surra. Apelei pra ética masculina. Encostei no Monza e disse: Façam o que quiserem comigo mas não amassem o carro de mãe. Eles me empurraram. E depredaram o Monza. Comecei a rir. Eles se voltaram pra mim e disseram: Está rindo de quê, palhaço? Tem medo de morrer não? Foi quando o delegado — o verdadeiro dono do carro e cliente assíduo do lugar — e mais dois policiais civis apareceram. Pegaram os sujeitos. A gente paga seu carro? O delegado disse: Com certeza vocês vão pagar. Os rapazes começaram a chorar. Uns fuleiros. Eu não tinha medo de morrer. Mas eles tinham. Porque os outros nunca sabem quando a morte está pra chegar. Mas eu sempre sei.

11

No Poeirão — nos domingos à tarde — o Time da Matança pegava o Time da Lasqueira. Não havia arquibancada. A torcida ficava ao redor do campo de barro. Havia mulheres. Não poderiam ser batizadas de marias-chuteiras: a maioria dos jogadores jogava de Kichute ou de tênis ou descalços. Eu era pequeno pra participar daquele clássico que sempre acabava com menos de 22 jogadores. Aquelas mulheres não me dariam bola. Aquele futebol era medíocre. Então por que ficar ali ao sol recebendo na cara e nos cabelos a poeira que vinha do campo? A razão: o comércio. Havia o cara do quebra-queixo com um estandarte de pirulitos pontiagudos. O doceiro com um banquinho dobrável e um tabuleiro e uma rodilha. O laranjeiro levava a carroça cheia das frutas e a maquineta e prendia os dois polos da laranja em garras e movimentava a manivela de modo que a fruta era uniformemente descascada e a casca não se torava. Havia os vendedores de pipoca. E havia novidades como os pirulitos dipiliques e os carrinhos de picolé: o sucesso. Porque só neles se achavam os palitos premiados e se repetia a dose sem pagar. Tinha um cara que vendia picolé e era o máximo. O nome dele era Garantido. O picolé é bom? Ele dizia: Garantido. Tem premiado? Garantido. Ele me deixava chupar um picolé e eu pagava com o próprio palito se fosse o premiado. Nem botava a mão no bolso. Garantido vivia rindo: analfa e banguela. Fazia tanto sucesso que o candidataram a vereador como gozação. Ele ia pela rua e o povo dizia: Vou votar em Garantido e ele ria com o vácuo entre os lábios. Chegou a eleição. Fiquei em frente ao Clube Intermunicipal: o local da apuração. Horas de expectativa. Garantido não apenas foi eleito como foi o mais votado e seria o presidente da Câmara. Era só treinar uma assinatura: não havia como tirá-lo do poder. Mas aquilo foi ruim. As tardes de domingo no Poeirão perderam a graça. Mulher feia e time pobre havia em qualquer lugar. Laranja cara e pipoca sem premiação não compensavam. Garantido não falava mais comigo. Vivia sisudo. Comprou uma dentadura e aprendeu a ler. Depois que Garantido farrapou comigo nada mais encarei como garantido ou como verdadeiro. Por isso não há nesta história nenhuma esperança.

12

Os afrescalhados jogavam vôlei no Clube Intermunicipal. Eu e Zambeta seguíamos pro lixão e xingávamos de longe as bichas e suas cortadas e manchetes. Numa manhã daquelas — Zambeta me perguntou — enquanto estávamos próximos ao monturo e contra o vento e vendo os mosquitos adejarem ao redor de nossos olhos remelentos: O que você vai ser quando crescer? Respondi: Não faço ideia. Estávamos esperando o caminhão do lixo. A gente sabia que ele descarregava ali aos domingos. Ficamos mudos depois da indagação de Zambeta e de minha resposta. Eu tentava capturar os mosquitos chatos e Zambeta olhava pensativo pra seus pés aleijados que formavam um V invertido. O caminhão chegou. O lixo foi descarregado. Corremos pros sacos e começamos a procurar. Não por dinheiro. Nem por roupas. Nem por revista de mulher pelada. Nem por bilhetes de loteria. O que queríamos no lixão eram embalagens de cigarro. Juntávamos as que encontrávamos o mais rápido possível porque a concorrência poderia aparecer. Depois — longe dali — desfazíamos os maços e então dobrávamos as embalagens fazendo delas cédulas de uma moeda imaginária. Mas que conferia glamour àqueles moleques que as ostentassem. Inclusive tinha valor monetário porque chimbres e bolas eram adquiridas com aquelas cédulas de mentirinha. O Arizona valia um cruzeiro. O Belmont — cinco. O Carlton e o Continental — dez. O Free — cinquenta. E o mais valioso de todos era o Marlboro por causa de sua raridade. Porque era uma caixeta. E porque aparecia nos anúncios da Fórmula 1. Depois de dobrar e fabricar notas imaginárias rachávamos o dinheiro e voltávamos ricos pra cidade. Meses depois — quando Zambeta entrou na Unidade Mista de Saúde a fim de operar seus pés tronchos — ele ria incontrolável e me dizia: Quero ser jogador de futebol, cara. E vou ser. Ele saiu do hospital com os pés desentortados mas sem vida. Não resistiu à anestesia mal aplicada. Morreu. No quintal de casa refleti sobre o fim de Zambeta enquanto meu rosto era iluminado pela chama de cada uma daquelas mentirosas cédulas de cigarro que queimei: Por que viver de mentiras e por que querer mais do que se tem? Por que querer ser o que não somos?

13

A brincadeira: cuscuz de mundiça. Era constituída por um balde de areia e um graveto. Fazia-se com a areia um amontoado que lembrava um cuscuz. Não os cuscuzes modernos feitos em cuscuzeiras que têm um arredondado furado que separa em camadas o farelo de milho da água. As cuscuzeiras dão — no final do processo — um aspecto cilíndrico ao cuscuz. O monte de areia que fazíamos lembrava o cuscuz feito em panelas. A água ficava fervendo lá embaixo e no emborcado da tampa — presa por um pano de prato — estava a substância que viria a ser o cuscuz. Poderia ser de milho ou de mandioca. Aquele cuscuz sim — quando tiravam o pano de prato — lembrava mesmo o nosso monte de areia. No centro do cuscuz de mundiça se colocava o graveto em pé. Sustentado pela areia. Os moleques se reuniam ao redor. E cada um tinha a responsabilidade de tirar uma parcela. No começo todo mundo juntava as mãos e arrastava muita areia e as bordas do cuscuz iam sumindo. Até que o graveto ficava bambo no que restava de areia. A coragem diminuía e cada um tirava o mínimo. O graveto caía graças a um moleque descuidado. Todos os outros meninos — a mundiça — começavam a estapear o moleque que derrubara o graveto. Ele era espancado até o momento em que tocava no poste — a cinquenta metros dali. E aí voltávamos a construir o cuscuz até que outro moleque — ou o mesmo — derrubasse o graveto. E os tapas continuassem. Havia uma única regra: o espancamento era cessado se o moleque na correria caísse no chão. Edmílson era um sarará metido a conquistador e craque de bola. Um inimigo natural. Naquela semana ele havia torcido meu tornozelo direito numa partida de futebol. Ele também brincava de cuscuz de mundiça. Derrubou o graveto. Levou vários tapas. Escorregou e caiu aos meus pés. Eu poderia tê-lo chutado na cara. Arrancado — com a dureza da bota de gesso — todos os seus dentes. Mas ergui a mão e o levantei. Eu disse: Conheço as regras. Ele se levantou e começou a correr em direção ao poste. E assim a brincadeira foi respeitada. A ética foi preservada. Ia me esquecendo de dizer: quando tirei o gesso — noutra partida de futebol — quebrei a canela de Edmílson.

14

Eu tinha um monte de neguinhos Gulliver. Eram bonequinhos de plástico de várias cores e formatos. Não sei até hoje por que nós os chamávamos de neguinhos. Só sei que eu não tinha uma coleção. Eu tinha A Coleção. No quintal de casa junto às bananeiras eu fizera o quartel-general. Havia os soldadinhos e os animais: pantera e leão e girafa e jacaré e elefante. Era uma espécie de zoológico que pertencia ao QG. Era como se fosse um hobby do general. Igual eu vira no filme: *Tudo por uma esmeralda*. Aos sábados comprava na feira novos neguinhos e complementava a coleção. E o zoo. Mas chegou o maldito 21 de abril. O feriadão de Tiradentes. Viajamos: eu e meu irmão e mãe. Na Belina dela. O Opala era pras ocasiões especiais. Ao entrar no carro eu disse preocupado: E os meus neguinhos? Ela me encarou e disse: Danem-se os neguinhos. Viajamos. Era um churrasco na casa de alguém importante. Havia uma piscina e um chuveirão que imitava uma bica. Passei o dia embaixo da bica. Tentando esfriar minha cabeça cheia de preocupações. Era uma temeridade deixar meus bonecos sem supervisão. Voltamos. Dito e feito. Os neguinhos sumiram. Mas eu já desconfiava de alguém. Um outro neguinho: o Nego Laércio. Nas poucas vezes em que ele entrou no meu quintal seus olhos brilharam de inveja. Fui à Feira do Passarinho no dia seguinte. Esperei o Nego Laércio com a mercadoria roubada. Ele apareceu mesmo. Tomei a sacola de supermercado que ele carregava. E disse ao safado: Roubou meus neguinhos? Ele gaguejou. Está nervoso? Ele respondeu: Não. É que não consigo falar direito por causa do meu dente. Ele mostrou a boca inchada por causa de um dente podre. Roubei os neguinhos pra vender e apurar dinheiro pra poder ir no dentista. Perguntei: E por que não vai madrugar no posto de saúde? Ele disse: Nunca fui registrado, não tenho documento. Eu disse: Te vira. E arranquei da mão dele a sacola. Neste 21 de abril — feriado de Tiradentes — não tenho mais a mínima ideia de onde estejam os neguinhos que pareciam tão importantes. Mas tenho a última imagem do Nego Laércio. Embaixo do queixo dele havia um carcinoma. Um problema causado pelo dente não extraído. O Brasil precisa de mais tira-dentes.

Bichos

1

Tanajuras. Nome comum às fêmeas ou rainhas das saúvas. Quando assadas no óleo e banhadas por manteiga de garrafa e depois salpicadas com farinha de mandioca se tornam um dos petiscos mais apreciados pelos cachaceiros. Seu cheiro é inebriante. Elas saíam dos formigueiros após as trovoadas de verão — helicópteros-insetos enegrecendo os ares. Caçá-las era uma festa. Embora pra mim a morte seja palatável nunca gostei de cemitérios. Mas naquelas tardes — quando as nuvens brancas e o céu azul ficavam com catapora por causa dos alados pontos negros que eram as tanajuras no voo — eu ia até o cemitério. Ali — no meio dos túmulos — estava o maior formigueiro da cidade. O que era óbvio. As tanajuras se alimentavam da morte —

dos ossos podres e dos couros carcomidos e das carnes putrefatas e dos vermes que compunham o quadro da inexistência. Gordas e bundudas saíam da morte direto pro céu. Ali testei meu sangue-frio. Durante verões. Na boca do formigueiro. Enfiava a mão e a deixava paralisada. Havia ferroadas nos primeiros momentos. Eu suportava. Suportar a dor é o maior prazer conhecido. Porém não é isso que quero contar. Nem quando um moleque xingou mãe e eu o amarrei — pernas e braços — com mochilas plásticas de supermercado e o fiz ficar sentado meia hora no formigueiro. Quero falar das tanajuras em si. Seu corpo tem três partes. As asas e as presas são destacáveis e a tanajura sobrevive. Eu gostava de destacar as presas e as asas das tanajuras. Elas ficam zonzas e sem orientação. E sem armas. E sem fuga. Depois procurava formigas pretas ou abelhas-uruçus e tirava duas das seis pernas da tanajura. Ela perdia — a sua perda quase final — a rapidez. E era dilacerada pelos inimigos naturais. A vida era sua perda final. Eu só dava uma mãozinha. Ainda faço isso de certa forma. Tiro pedaços — às vezes — você sabe — literalmente. Mostro fraquezas. E quando merecem: faço o sacrifício. Alimento a justiça ou algo parecido: faço a alegria dos fracos.

2

Eu estava acampando pela primeira vez. Havia outras crianças — meninos e meninas. Eu queria impressionar. Logo montei minha barraca e consegui acender rapidamente a fogueira. Contei aventuras. Mas a minha coragem seria demonstrada por minha independência. Todos os fedelhos estavam sendo supervisionados por adultos. Geralmente professoras. Mas fiz questão de dormir sozinho em minha barraca — sem supervisão. A professora segurou meu braço e disse: Você não vai dormir só. Virei o pescoço e a encarei. Só isto: olhei nos olhos dela. Mas ela mudou de ideia e disse: Pode ir, meu filho. Vai entender as mulheres. Vai entender as professoras. Eu ria satisfeito no meio da noite — o valor de minha coragem estava se comprovando. E todos os outros moleques morriam de medo — mesmo acompanhados. Até que apareceu uma ticaca. Ticaca é um nome menos afrescalhado pra gambá. Ela mijou na minha cara. Não corri com medo do bicho. Corri porque o fedor era insuportável. E o mijo — do qual engoli algumas gotas — tem o pior gosto que já provei. Corri pro meio do acampamento e todo mundo riu de mim. Fui desmoralizado. E ainda fiquei fedendo num canto — afastado de todos — até o dia nascer. Uma péssima experiência que merecia — é óbvio — vingança. Mas não me apresso quanto a isso. Você já me conhece. Esperei anos. Eu já não acampava na adolescência. Eu caçava. Arrumei uma espingarda soca-tempero e uma galinha. Cacei ticacas. Ignorei preás e lambus e tejus e pebas. Queria ticacas. A galinha me ajudou — ticacas gostam do sangue delas. Achei por trás de uma moita uma ticaca — me olhou com ar de súplica. Sabia o que ela dizia: O que tenho a ver com isso? Sou inocente. Afastei as plantas e atirei com a soca-tempero e ela morreu. Depois urinei no cadáver: minha vingança. Voltei o olhar pra galinha. Ela me encarava com ares de repreensão. Armei a soca-tempero. Sou rápido. E foi com essa rapidez que atirei no galináceo e vi penas voarem. Nunca deixo cúmplices. E ninguém é inocente. E quem tem pena se ferra no final.

3

Há um site na internet que aponta em tempo real o número de porcos e galinhas e perus e afins mortos no mundo desde quando a página é aberta. Visito sempre esse site. Fico olhando os números se multiplicarem e eles não me comovem. Ficaria triste se acabassem os churrascos e as bistecas e as linguiças e as salsichas. Algum psicanalista da moda — se me examinasse — diria que meu desapego aos animais é prova de minha insensibilidade que desconhece o amor. E que guardo traumas de infância sobre o assunto. Nada mais burro. Não tenho traumas. E também já tive sim animal de estimação. Ela se chamava Mandita. Era uma cadelinha *yorkshire*. Eu jogava bola nos arredores da casa da chácara. Estava só e fazia malabarismos com a pelota. Foi quando surgiu uma cobra: uma corre-campo. Seu corpo amarelo-bronze brilhou. Fiquei parado: entre a curiosidade e a reação. A cobra ficou em posição de ataque. Mas Mandita apareceu antes do bote e me salvou. Botou a corre-campo pra correr. Mandita ganhou minha amizade. Eu girava o dedo durante minutos na ponta do seu focinho e ela acompanhava o movimento até ficar bêbada. Deixava-a com fome só pra ver seus pulos quando eu aparecia com a tigela de comida. Fazia estalos com os dedos pra ela pular e colocava o pé embaixo só pra vê-la cair ao descer. Enfim: uma verdadeira amizade. Mas o que deu maior prazer foi na época em que meu pé estava com frieiras que pareciam gangrenas. Passava o dia nos meus afazeres e sonhava em voltar pra casa. Voltar pra Mandita. Tirava o sapato. Tirava a meia e abria os dedos dos meus pés. Mandita vinha e lambia minhas frieiras: era um prazer. Aqueles minutos em que ela lambia aquilo estão entre os mais prazerosos e plenos de minha existência. Foi mesmo triste quando os fungos dos meus pés passaram para a boca de Mandita e se espalharam e a infeccionaram e a levaram à morte. Hoje — 17 de março — é o dia. Gravei a data em que minha única e verdadeira amiga morreu. Mas arrumei outro animal de estimação com o tempo. Pela manhã — antes de sair de casa — deixei com ela dois ratos: sua refeição. Meu animal de estimação atual é uma corre-campo. Também se chama Mandita. É claro que é uma homenagem.

4

Esqueça Napoleão e Tiradentes. Esqueça Aron Ralston: alpinista que amputou o próprio braço. Esqueça Britney Spears. Meu exemplo de bravura foi Penico: meu galo de briga. A rinha arredondada ficava no cinema velho ao lado do cemitério. Os campeonatos aconteciam quinzenalmente. Eu depenava parte do pescoço de Penico e revelava o gogó de sola. Queimado pelo sol o pescoço ficava vermelho-escuro. Processo igual era dedicado à lateral das coxas. Havia três categorias. Na C — a batida — os galos brigavam com proteções de couro nas esporas. Era patético. Os galos saíam eriçados como galinhas. E só. Na B — a briga — os galos lutavam com suas esporas naturais. Afiadas por seus treinadores com lapiseiras. Mas podiam se quebrar fácil e perder a letalidade. Por fim a elite: A Rinha. A mais assassina. A mais desumana. A mais desgalinácea. Brigavam com esporas de aço inoxidável. Era nesta que Penico agia. Eu lustrava suas esporas. Presenciei grandes brigas. Sabia que uma espécie qualquer de arte superior estava sendo protagonizada quando Penico batia as asas — uma envergadura perfeita — e se alçava no ar e juntava as duas esporas de metal contra a cabeça do adversário. Cristas eram esmagadas. Das coxas escorriam gotas de sangue. O chão da rinha avermelhava. Vi muitos donos de galo pedir penico a Penico. Mas o galo bambo e derrotado era mais corajoso que seu dono e ia até o centro da rinha e não fugia. Penico mirava a cabeça do perdedor e suas esporas vazavam a cabeça do outro. O morto ainda levava umas bicadas na crista esfarelada. Mas um dia Penico morreu. Morreu de pé. Ele parou no centro da rinha no caminhar bambo de sua luta final. Não estava cabisbaixo. Olhou pros meus olhos e eu balancei a cabeça concordando. E ele se entregou às esporadas. Morreu como um galo. Bravo. Apanhei seu corpo. Paguei as apostas que perdi. Nenhum prejuízo. Penico me dera muitas vitórias. Coloquei a cabeça dele embaixo da asa esquerda. Fui pra casa. Coloquei-o na pia. Ele merecia uma última homenagem. Esquentei água. Depenei o que restava de pena em Penico. Coloquei-o pra cozinhar depois de tirar suas entranhas. A carne dele era escura e dura. Mas saborosa. Como deve ser a carne dos heróis.

5

Não gosto de matar muriçoca. E chamo de música a distorção sonora provocada por suas asas — enquanto alguns acham aquilo o mais insuportável de todos os barulhos. Também costumo dormir sem a parte de cima do pijama e ofereço tronco e braços pra que a hematófaga sacie sua sede de sangue. Eu entendo disso. De sede de sangue. Acho até o *design* do seu corpo — embora semelhante ao dos outros mosquitos — algo inovador e bonito. Sobretudo quando a fêmea está prenhe de sangue alheio. Também acho de muito mau gosto quando duas mãos apressadas e espalmadas espremem a muriçoca em pleno voo. O ato gera uma espécie de pasta escurecida na palma da mão. Um nojo. Gosto mesmo é de oferecer meu corpo e depois balançar o braço para no voo — ainda ébria com meu sangue — capturar a muriçoca. Gosto de deixá-la no escuro interior de minha mão fechada. Gosto do silêncio absoluto e da escuridão absoluta que deve ser ali. Gosto de chacoalhar a mão e imaginar que a muriçoca supõe ter sido engolida por algum monstro ancestral. Gosto de aproximar a boca da mão cerrada e produzir sons lúgubres pra que a muriçoca saiba que está próxima da morte. Aperto a mão o máximo que posso e diminuo o espaço livre e assim ela não tem o que fazer. Exceto procurar alguma proteção no escuro. Mas — no fim — sabe que é inútil. Depois de minutos com a muriçoca em minha mão fechada: abro-a lentamente. Os dedos se abrindo como pontes movediças. Acreditem: a muriçoca não foge. Fica bêbada de medo. Parada. E então não há como escapar. Apesar do nojo bato o aplauso final. E a esmago porque é inevitável. É o último e mais modesto ato de uma peça triunfal. A isca. A captura. O terror. A ameaça. Isso sim é que é legal: é a melhor parte. O termo — o fim — é só o fim. Aprendi com as muriçocas como tratar meus clientes. Há iscas. Depois há a captura: os planos e os preparativos. O resto é o último ato. A cessão. Mas o processo começou antes. Começou quando o sujeito desavisado foi beber o sangue alheio. E não teve ideia do preço que pagaria. Em que mãos cairia. Esmago o sujeito porque é inevitável. Mas já disse: nem sempre esta é a melhor parte.

6

Os dias mais felizes de minha infância foram chuvosos. Trovões e ventos constituíam minha trilha sonora. O mundo escurecia e eu sorria. E não só sorria. Ia à rua e pulava de um lado pro outro. Sentindo na cara a agressividade vinda do céu. Ficava debaixo das bicas de zinco nas laterais das casas e sentia na cabeça as pancadas frias daquela liquidez. Marteladas de água no quengo: que prazer. E depois junto com outros moleques me deitava na sarjeta no sopé da ladeira do hospital e era submerso por aquela água parda e pútrida que carregava toda espécie de imundície. Mas nunca adoeci. Nunca tive nada. Nem esquistossomose. Nem lombriga. E nunca pensei em soltar barquinhos de papel na água: coisa de fresco. Passada a tempestade já sabíamos onde nos reunir: ao lado do Bar do Biu. Sempre havia bêbados ali. Sempre os mesmos bêbados estavam ali. Após a chuva os moleques eram desafiados a capturar sapos — especificamente cururus. O moleque que capturasse o maior número de cururus ganhava uma Crush e uma fatia de bolo de rolo. Ou uma dose de Mucuri se quisesse trocar o prêmio. Peguei muito cururu. Vi muitos olhos lodosos e brilhantes e espantados. Levei muitas mijadas deles: sua única defesa. Às vezes eu ganhava como o maior caçador de cururus e pedia Crush com bolo de rolo quando isso acontecia. Não tinha a pretensão de ser um daqueles cachaceiros. Os sapos eram torturados depois do torneio. Jogavam sal em suas costas. Sal vindo — é claro — do Bar do Biu. Um dia ganhei a Crush e o bolo de rolo em dobro. Trouxe um só cururu. Só um. Desdenharam. Mas fiquei impassível. Botei o cururu no meio da calçada. Ele ficou parado me encarando. Peguei a chimbre de aço. Na verdade: uma bolinha tirada de dentro de um rolimã. Com uma pinça e um isqueiro esquentei durante minutos a bolinha do rolimã. Abri a boca do sapo e joguei-a lá. O calor rompeu o papo do cururu e a bola caiu de novo na calçada. Fui aplaudido por todos. Então vi como é bom ser original. Como é bom pensar o que ninguém havia pensado. E é isso que faço até hoje. Faço o que ninguém nunca pensou em fazer. E isso é bom. Porém sinto falta dos aplausos às vezes.

7

Passando todas essas histórias a limpo vejo que a classificação — humano versus animalesco — tem limites muito tênues. São fronteiras confusas. É como definir o que é bondade: ninguém sabe dizer com certeza. O nome dele era Melão: porque era doce. Era um cavalo. Um *appaloosa*. Melão esteve presente em minha vida mais do que mãe e mais do que meu irmão. Foi a única criatura que me viu ficar adulto. Foi nele que aprendi a montar. Pacientemente Melão esperava eu alcançar com o pé um dos estribos e só depois que eu passasse a perna esquerda sobre suas ancas e a apoiasse no outro estribo é que se mexia. Foi nele também que me aventurei — amadoramente — no ramo das vaquejadas. Primeiro bati esteira e depois me aperfeiçoei em derrubar bois. Às vezes eu os derrubava com tanta violência que o rabo do boi se partia. E eu atravessava a pista me amostrando com aquele taco na mão me achando o máximo. Mas o máximo era Melão. Era ele que alcançava o boi e se emparelhava e eu só tinha o trabalho de rosquear o rabo no meu punho protegido pela luva de couro e: valeu o boi — dez. Nunca lastimei o sofrimento dos bois. Os bois eram idiotas e mereciam aquele tratamento. Idiotas merecem quebrar os rabos mas os desenrolados não. Melão era desenrolado. Até o dia em que Melão caiu depois de uma botada. Uma de suas patas quebrou. O osso se quebra como um copo: não se parte em dois — se espatifa. O osso amarelado e brilhante e parecendo amanteigado surgiu dilacerado a meus olhos. O cavalo relinchava agonizando. Alguém se aproximou querendo mostrar bondade e disse: Compre lidocaína e anestesie o bicho e tente tratá-lo. É uma bondade que você fará pro pobre animal. Pensei: Fazer do maior corredor que vi um aleijão pra toda vida é bondade? Deixá-lo servir de sarro e piada pros bois idiotas é bondade? Afastei o rapaz que me dera o conselho. Tirei meu revólver da cintura. Os olhos de Melão me olharam. Um dos poucos cavalos que possuíam escleróticas visíveis. Aqueles olhos me anistiaram. Me encorajaram. Melão não era um pobre animal: era desenrolado demais pra ser um aleijado. Fiz a ele uma bondade: puxei o gatilho. Melão me mostrou como a bondade é um troço relativo.

8

Eu entrava ansioso na Caça e Pesca e pedia uma caixa. Parecia uma caixa de fósforos só que dentro havia conchas cinza. Então corria pra casa. Havia no quintal um muro alto e chapiscado. Colocava nele uma tampinha de Guaraná Brahma. Me acocorava sobre o concreto que tapava a fossa e armava minha primeira arma de verdade: a espingarda de chumbinho — atiradeira não contava. Depois fechava o olho direito e punha a alça de mira alguns centímetros a nordeste do alvo. E atirava: fatores como a direção do vento e a trajetória descendente do chumbo se uniam e eu acertava o alvo. Depois ficou chato acertar tampinha. Optei por lagartixas. Ficava sobre a fossa esperando por elas. A lagartixa apareceu e ergui a espingarda e fiz a mira e não puxei o gatilho — em homenagem à data: Dia das Mães. Poupei as grandonas dali por diante. Só as pequenas — ainda branquinhas — passaram a me interessar. Esperava escalarem o muro e seu corpo verticalmente se oferecia como alvo. Mirava no talo do rabo. A respiração tinha que ser controlada pra não haver erro. E eu quase nunca errava e a lagartixa saía correndo medrosa e cotó. Eu me aproximava e tão bom quanto o tiro era ver o rabo desesperado e torto se remexendo no chão do quintal. Depois ficou chato acertar rabo de lagartixa: comecei a mirar na cabeça. Atingi-la na vertical era covardia. Esperava que ficasse na horizontal. A cabeça não parava e parecia incerta e balançava pra cima e pra baixo. Aí estava a graça: acertar a lagartixa quando sua cabeça estivesse baixa. O tiro e a queda. Depois ficou chato acertar cabeça de lagartixa. Fiz outra coisa da vida. Li algo pro meu trabalho: falaram com sujeitos que se jogaram de prédios altos e por algum motivo — toldo ou chafaríz ou piscina ou andaime — não morreram. Foram unânimes em afirmar: Na hora em que você salta, você se arrepende. É fato: é só um impulso. A pessoa desiste se dominá-lo. É fato: alguns clientes meus na hora H disseram que foi só um impulso e quiseram desistir. Escolheram o homem errado: pois espero o momento certo: quando a cabeça está pra baixo. Não gosto de ver seres medrosos e cotós correndo de si mesmos. Não gosto de ver pedaços desesperados e tortos dançando sem vida. Gosto do tiro e da queda.

9

Terminava a aula. Eu ia pra casa: assistia ao término do *Xou da Xuxa* — ela pegando a Nave Xuxa e indo embora no fumacê — enquanto engolia o almoço. Botava a canarinho embaixo do braço e ia juntar os moleques pra começarmos o racha. Jogávamos no Centro Social em pleno sol de uma hora da tarde. Outro horário era inviável: a quadra não tem iluminação. Além disso a partir das quatro horas chegavam os jogadores maiores do que nós e nos expulsavam. Diziam: Pirralhada, fora. Ficávamos na arquibancada sonhando com o dia em que seríamos ganzelões. Por isso o horário que tínhamos era aquele: logo após o almoço — quando o sol estava a pino e o cimento da quadra fervia e só nós queríamos jogar. Estava juntando o pessoal e fui chamar o Nego Laércio pra completar o time. A avó dele — a catimbozeira — apareceu no portão e disse: Ele não vai não. Perguntei: E por que ele não vai? A velha respondeu: Está cheio de piolho. E no degrau da entrada ela se sentou e o Nego Laércio se sentou no chão próximo às pernas dela. A velha botou um pano branco por volta do ombro dele e enfiou o pente fino no pixaim. Passou o pente com força no casco dele. Parecia uma faca num esmeril. Os pontinhos pretos foram enchendo o pano branco. Depois ela começou a esmagar os piolhos com as unhas dos dedos polegares pressionando uma contra a outra e espatifando os monstrinhos. Aos poucos as unhas sanguinolentas mudavam de cor: era muito piolho. E depois desse primeiro processo vinha outro: catar os sobreviventes na cabeça do Nego Laércio. Abrir os fios crespos e formar trilhas. Os monstrinhos se atropelavam. Mas não fugiam das unhas assassinas da catimbozeira. Eu estava perto. Ouvia o estalo do corpo do piolho sendo explodido. Via a gota de sangue espalhada. Mas era tudo em vão: dias depois o Nego Laércio estava com os cabelos brancos de lêndeas. Eu disse ao safado: Não toma banho. É nisso que dá. E saí rindo e correndo pro Centro Social. Eu tinha Denorex em casa. Usava Escabin a qualquer ameaça. Nunca precisei que alguém tirasse aqueles bichos de mim. Hoje — pensando bem — chego à conclusão: o melhor era ter sentado e pedido pra que minha avó tirasse os monstros que habitavam minha cabeça.

10

Na olaria você apanha o barro vermelho e úmido e o coloca numa sacola de supermercado. No quintal de casa o barro é amassado até virar uma pasta homogênea. Separe um pouco do barro e ponha entre as mãos e as movimente de maneira circular. O barro virará uma pequena esfera. Faça várias esferas usando o mesmo método. Coloque-as numa tábua e deixe-as ao sol. É possível passá-las pelo fogo mas pra nosso caso é desnecessário. Observe cada uma e tire as que apresentarem imperfeições: rachaduras. Coloque as perfeitas no bisaco. Nos lixos hospitalares arrume o que chamam de garrote. Uma borracha amarela que serve pra fazer punções: amarrar os braços e facilitar o encontro de veias ao aplicar injeções. Estique o tubo de látex e observe se ele não possui nenhum corte ou buraco. Estique-o com toda a força possível. Goiabeira é a melhor árvore. Arrume um galho que seja um Y. Descasque-o e se possível lixe-o. Faça álveos nos extremos superiores do Y de madeira: amarre ali os garrotes. Dois pedaços iguais: um em cada extremidade. Nas outras pontas dos garrotes una as borrachas com um pedaço retangular de couro. Teste a pontaria na vidraça de alguém. Coloque a peteca no bisaco. Os pardais são os mais estúpidos e andam sempre em bandos. Eles costumam aparecer nos fins de tarde. A bola de barro é colocada no retângulo de couro. Uma mão segura a base da peteca — estilingue ou bodoque — e a outra puxa o couro pra trás — esticando com vigor a borracha. Deixe o pardal emoldurado pela bifurcação do Y de madeira e solte a bola de barro. Ela atingirá o crânio do pardal. Esmagará a cabeça da ave. Você já viu a minúscula massa encefálica de um pardal? Eu já. Você já comeu a minúscula massa encefálica de um pardal? Eu já. Mas se acertar apenas o corpo: o pardal cairá — agonizando no chão. Vá até o local da queda e termine o serviço. Jogue no bisaco o corpo da ave. Não utilize as penas. Pena não cabe nesta história.

11

Eu usava uma garrafa de água sanitária Brilux vazia. Por ser branca — diferente da Dragão que era verde — facilitava a visibilidade entre as folhas da árvore. Eu cortava o fundo da garrafa e uma parte da lateral. Depois lavava com todo o cuidado o interior do recipiente. Enfiava o cabo de vassoura na boca da garrafa branca e ia à caça. Eu ficava embaixo de uma árvore com o cabo de vassoura com a garrafa de água sanitária cortada presa à ponta. Procurava ali minhas vítimas: caçava cigarras. São os insetos mais idiotas do mundo. Não porque cantam de graça até morrer. Mas porque são facilmente capturadas. Na minha cintura havia uma sacola de supermercado. Enfiava a garrafa cortada entre a cigarra e o galho — e o inseto caía dentro do recipiente. Depois eu jogava as cigarras na sacola. Uma manhã de boa caça era quando vinte cigarras eram capturadas. Eu voltava pro quintal de casa e despejava o conteúdo da sacola no piso de cimento grosso. Metade das cigarras já havia morrido — asfixiadas. Então treinava basquete no cesto de lixo com os corpos minúsculos e sem vida. As sobreviventes — as mais fortes — recebiam um cabresto. Eu utilizava um barbante bicolor branco e vermelho usado geralmente pra amarrar o pacote de pão. O barbante era amarrado entre o tronco e a cabeça do inseto e íamos passear. Algumas cigarras tentavam alçar voo: pipas vivas e vibrantes à vista dos meus olhos. As outras eram arrastadas por mim: caninas cigarras farejando o chão. Todas morriam: geralmente no fim do dia. Mas na manhã seguinte a aventura da caça recomeçava. Eram dias brilhantes e ensolarados aqueles. Se eu não fizesse aquilo as cigarras iriam ficar onde nasceram até explodir. Eu lhes proporcionava um novo caminho. Nunca tive regozijo ou remorso. Como nos dias de hoje: não me regozijo nem tenho remorso do que faço. Dou um novo caminho a meus clientes: do contrário eles explodiriam. Não suportariam suas pressões internas. Poderia — é claro — deixar que eles se asfixiassem por conta própria. Mas os coloco num cabresto e guio seus passos até a morte. Ah e uso o barbante de modo mais eficiente.

12

É claro que todos riram quando me aproximei com a espingarda a tiracolo e o lampião de carbureto numa mão e uma coleira na outra. E na ponta da coleira estava minha cadela. Todos me esperavam por trás da fábrica de aguardente. Alguns tinham pás e outros tinham espingardas. Ainda outros cachaça e charque e farinha. E todos tinham um cachorro. Era mais uma noite de caça ao tatu. Eu nunca tinha levado um cachorro: porque eu seguia o cheiro e os rastros e encontrava a toca do bicho. Não precisava de ninguém. Mas naquela noite inventei moda. Levei uma cadela: mas não uma cadela qualquer: era uma *yorkshire*. Mandita. Por isso todos riram. Mas — apesar da desconfiança geral — não me abalei. Eu a havia treinado e confiava no seu taco. Os cachorros começavam o alarido quando a turma se completava. Mandita: sempre séria. Pertencia a outra espécie. A espécie humana. Ela sabia o que fazer. Partimos quando a lua estava cheia no céu. Os cachorros foram soltos e saíram em disparada cheirando rastros e buscando pistas no meio da noite. Só aí ouvi o latido de Mandita. Ela foi a primeira a encontrar e indicar o buraco do tatu. Alguém segurou o lampião e cavei com a pá pra não deixar o bicho fugir. Mas havia o momento crucial: puxar o tatu da toca pelo rabo. Alguém segurava o rabo. Alguém mexia no ânus do tatu. E ele era capturado e jogado no saco plástico de acondicionar carvão. Homens ganiram e Mandita ficou impávida diante do buraco recém-aberto. Sob a luz da lua vi seu olhar vitorioso: trabalhara tão bem quanto eu. Voltamos pra cidade. No Bar do Biu o tatu foi preparado. Cortavam o bicho e botavam alho e cebola e o deixavam descansar por duas horas. Depois era refogado e voltavam a temperá-lo e depois era cozido. Mas isso não me interessava. Eu gostava era de caçar e não da caça. Depois que Mandita morreu por lamber minhas frieiras deixei de caçar tatus. Mas continuei no ramo da caça. E hoje percebo que talvez esteja na hora de treinar mais alguém: ensinar como farejar e como seguir os rastros e como tirá-los de seus buracos. De como cozinhá-los. Talvez esteja na hora de uma outra Mandita me substituir. De deixar de ser caçador e virar a caça.

13

O nome é pipa. Mas sempre chamei de papagaio. Sabia fabricá-los. Talas finas de bambu: três. Uma na vertical e duas na horizontal. Seus pontos de interseção eram unidos por linhas. O hexágono imaginário formado pela junção das extremidades das talas era coberto por papel-celofane de várias cores. Uma linha saía de um dos lados: era a futura rabiola. Eu pegava mochilas plásticas e as enrolava e cortava os roletes. Cada um daqueles roletes era amarrado na rabiola. Na outra extremidade eu colocava o cabresto. Depois a parte mais importante: a linha. Vidro moído e cola envolviam a linha de costura. Tornando aquilo uma navalha. O campo do Centro Social era o ponto de encontro. Depois de todos os papagaios estarem no céu começava a competição. Cada um tentando cortar o papagaio do outro. Um moleque conseguiu cortar o meu. Até aí tudo bem. Eram muitas variáveis. Vento. Linha. Sorte. Sobretudo sorte. Cortei muitos papagaios e tive muitos cortados ao longo dos anos. Não havia dramas. E — diferente daquelas idiotices afegãs — ninguém corria atrás do papagaio cortado. Era como a honra: uma vez cortada — irrecuperável. Não tinha jeito. Exceto se os papagaios fossem simultaneamente cortados. O moleque que cortou meu papagaio se meteu a tripudiar. Ficou de cócoras no meio do campo como se estivesse defecando e apontou pra mim e disse: Você é um cagão. Fui pra cima do cara. Mas ele estava com os primos. Como eu não tinha primos: me ferrei. Levei tantos murros e tapas e coices que não sei como ainda hoje tenho cabelo. Mas esperei. No dia seguinte não fui ao Centro Social. Fui à casa do moleque. Pulei o muro. E vi no quintal dele um poleiro. Sobre o poleiro: um louro. Mas sempre chamei de papagaio. Amarrei a linha com cerol no pescoço do bicho. E dei uma puxada. A ave foi degolada. Deixei tudo no quintal. Eu já disse: o papagaio é como a honra. Uma vez cortada já era. A não ser que você também corte o papagaio do cara. Foi isso que fiz. Em tempo: mãe me proibia de colocar as pipas dentro de casa. Alegava que elas trariam doenças porque voavam muito alto. Hoje entendo o que mãe quis dizer: sempre voei muito alto. Tão alto a ponto de não apenas trazer doenças. Mas a ponto de ser uma doença.

14

Virei a chave devagar. Saí do quarto. Deixei o hotel sem que ninguém me visse. Mãe e meu irmão ficaram dormindo. Entrei no primeiro ônibus que passou. Nem li a placa. Saltei bem longe numa praia. Encostei os cotovelos no balcão alto do quiosque à beira-mar e pedi uma cerveja e um copo de caldinho de sururu. Não sou do litoral. Não sabia do que se tratava. Escolhi pela sonoridade. Escolhi porque lembrava cururu. E de cururu — talvez você recorde — eu entendo. Comecei tomando a cerveja caríssima — por causa de minha pouca idade. Estava gelada pelo menos. Peguei a colherinha e comecei a mexer no caldinho de sururu. Havia um ovo de codorna boiando. Pesquei o ovo. É afrodisíaco. Sempre é bom garantir:

sobretudo levando em conta as mongas que eu encaro. Comi o ovo. Me preparei para aquele primeiro contato com o sururu. Me lembro de todos os sabores e sensações. Do caldinho envolvendo a língua. E batendo na abóbada palatina e sendo represado pelos dentes. Dos moluscos mastigados e descendo goela abaixo. Me lembro de tudo. No futuro me apelidaria de Sururu-Man: isso lá é nome de super-herói? Mas naquela manhã havia outra lição. Eu estava ali pra ver novamente o mar. Direi: O mar é mais forte e maior do que eu. E logo descobriria: tão traiçoeiro quanto. Saí do quiosque e entrei naquele sem-fim de azul. Fechei os olhos e caminhei. Pisando no desconhecido. Sendo engolfado pela inconstância. Sentindo na pele os gestos alheios. Mas o mar não me encobriu: maré baixa e poucas ondas. Pensei: Esse mar é maricas. Não tem perigo. Foi aí que pisei no coral. Levantei meu pé ferido e vi que do dedão ao mindinho escorriam filamentos de sangue. O corte era profundo. Olhei à minha volta. Tudo estava distante. A praia. O quiosque. As pessoas. Minha família. Estava perdido e ferido e sem ninguém. E eu estava pleno e feliz. Porque estava livre. E era isso que importava. Logo terei de novo essa sensação. Ferido. Sangrando. Só. Completamente só. Mas livre e feliz. Eu queria me lembrar quando também virei o mar desconhecido e subestimado que engolfa os abestalhados e tira o sangue deles. Mas não consigo. Só me lembro do sabor do sururu. E que de super-herói não tenho nada. Nem o nome.

15

Os porquinhos ainda não tinham uma semana de vida. Mãe levou meu irmão e eu até o chiqueiro nos fundos da chácara. Joguei um balde de lavagem no cocho e a porca ficou ali entretida: metendo o nariz onde foi chamada. Mãe pegou dois porquinhos e os levou pra fora do chiqueiro. Ela colocou os animais no chão e eles saíram correndo e balançando seus corpos roliços. Ela ordenou: Vão. Corremos atrás dos porcos. Alcancei o meu primeiro e o levei até mãe. Ela disse: Agora você terá a honra. E botou uma faca na minha mão. E disse: Corte o rabo do porco. Fiquei pensando por que aquilo. Ela disse: Se você não cortar, eles vão começar a morder um o rabo do outro até que eles, os rabos, desapareçam. Vai sangrar. Vai doer. Mais do que agora. E preste atenção a como mãe finalizou: Quer você faça, quer não faça, eles vão se destruir da mesma forma. Esse será meu slogan se um dia eu abrir uma firma. Segurei o bicho e decepei o rabo do danado. O grunhido feriu meus tímpanos. Meu irmão chegou depois disso com o porco dele. Mãe disse: Ainda bem que você não tem rabo, senão eu iria mandar o caçula arrancá-lo. Que vergonha. Que lerdeza. O porquinho sem rabo ainda não havia parado de grunhir. Mãe o emborcou e ali — acocorada — nos disse: Tem que ser antes de se completar uma semana. Geralmente no sétimo dia. Se não for assim, eles ficam estressados e a qualidade da carne some. Quando eles crescem — se não fizermos isso — o cheiro e o gosto da carne e do toucinho ficam insuportáveis. Eles também ficam mais gordos. Pequenos assim é fácil de cicatrizar e quase nunca ocorrem hemorragias. Ela agora olhou só pra mim e disse: Segura aqui. Segurei as duas patas traseiras do porco e deixei o bicho de cabeça pra baixo. Mãe realizou um corte na bolsa escrotal e depois cortou outra membrana e finalmente apareceram os testículos. Ela segurou veias e canais e: tome bisturi. Mãe era craque naquilo. Juro que senti as lágrimas do porquinho baterem em minhas canelas. Pensei: Porco covarde. E por que você está tão pálido?

Fêmeas

1

O mais legal nunca foi o futebol. Eles eram apenas o Time Infantil. Legal mesmo era aquele momento antes do início dos treinos. Sentavam na arquibancada que ficava atrás de um dos gols. Formavam uma fila e olhavam pro campo vazio. Era quando falavam das garotas. Claro que havia alguns meninos que também pegavam os primos gays e os velhos sodomitas. Mas isso ninguém confessava. Havia um pacto tácito entre eles: mesmo que a envolvida fosse a irmã de um deles seus colegas podiam falar dela à vontade. Mesmo que a envolvida fosse a namorada de um deles podiam falar dela à vontade. E tudo isso enquanto se colocavam meiões e Kichutes. Naquela mesma arquibancada onde estavam — nas noites de verão — e quase sempre era verão naquela cidade — muitas garotas viam estrelas. Elas viam estrelas comigo nos dois sentidos. Sei disso tudo porque dois anos antes eu era do Time Infantil. Numa tarde qualquer um daqueles garotos estava contando uma aventura: ele tinha ficado com a namorada do capitão do Time Juvenil. Batia a mão espalmada na arquibancada suja e preta de musgos eternizados e secos. E dizia: Aqui, Kátia rebolou e rebolará de novo. Ele não percebeu e os colegas do Time Infantil não fizeram questão de avisá-lo mas às suas costas estava o capitão do Time Juvenil: eu — o namorado de Kátia. Ergui o infantil pelos cabelos e depois o joguei no chão da arquibancada. No mesmo local onde ele havia transado com Kátia na noite anterior. Eu o virei de bruços. Ele achou que iria ser sodomizado. Ou eu iria matá-lo. E poderia tê-lo feito. O garoto era miúdo. Mas pisei na nuca dele e esfreguei sua cara no cimento grosso e suas bochechas se rasgaram. Espalmei a mão dele de modo que os dedos ficaram na quina da arquibancada. Chutei seu dedo mindinho. Quase o arranquei da mão. Espatifei o dedo. O infantil olhou a mão contra o céu azul quando me afastei. O dedo mínimo pendia flácido como a língua de um esganado. De longe me virei e disse: Uma lição: aquela garota só vale isso — um dedo mindinho.

2

Havia na lateral do ônibus uma inscrição: Monga — A Mulher-Gorila. Eu esperava minha vez de entrar. Víamos do lado de fora os urros aumentando em quantidade e volume. O veículo balançava. Todos saíam correndo e se atropelando e rindo: um susto sintético. Entrei no ônibus escuro. E ri. Ela aparecia com um maiô rosa cheio de lantejoulas e dançava como uma chacrete. Uma voz anunciava: Capturada nas selvas do Congo, esta mulher leva uma vida oculta, um sórdido segredo, que agora é revelado. Tarde demais. Dolorosas contrações castigam seu corpo. A metamorfose sinistra já começou. A linda moça se transforma em Monga — A Mulher-Gorila. A loira — depois de *flashes* e frescuras — virava um gorila.

Arrebentava a jaula. Corria pelo corredor do ônibus atacando as pessoas que corriam em desespero. Eu ficava. Era o único que não corria. O gorila parava na minha frente e ficava cara a cara. E gritava: um bafo de cachaça atingia meu rosto. Não fazia efeito — eu não tinha medo. O macacão — depois que a fita cassete cessava a barulheira — dizia: Pirralho imbecil. E tirava a máscara. E saía. Anos depois numa cidadezinha reencontrei — surpreso — um ônibus com os dizeres: Monga — A Mulher-Gorila. Fui assistir à transformação. Olhei a Monga. Mas fui um dos primeiros a sair do ônibus. Meu coração batia mais forte. Meus olhos estavam marejados. Reconheci que estava mudando. Mas não gostei daquilo. Gosto de ser quem sou e quem fui: um mongo que nunca virará gente. Fui até os fundos do ônibus. E esperei. A mulher saiu de lá ajeitando os sujos cabelos oxigenados. Disse a ela que assistira àquele número há anos. Era ela mesma que fazia a Monga quando eu era criança. Perguntei: Você cobra pra transar comigo? Me olhou e disse: Só um jantar. E me deu seu braço. O fedor dos sovacos de uma noite de trabalho chegou a meu nariz. E ela sorriu: a dentadura um pouco frouxa na gengiva. Um olho remelento: começo de catarata. Ela não precisava mais se transformar: já era um primata. Mas eu não tinha medo. Nunca tive. Nunca terei. Tive Monga — **A Mulher-Gorila** — entre meus braços naquela noite. Mas não é algo de que tenho orgulho.

3

A molecada ficava num banco embaixo de uma amendoeira. Eram minutos ou horas de angústia. Mas a espera acabava. Jacques aparecia na esquina. Trazia algo. Os moleques se entreolhavam e riam. E seus olhos amigáveis ficavam ferozes. Os bêbados apareciam na janela do Bar do Biu ali próximo. Jacques mostrava o que tinha à mão. Uma *Playboy*. Jogava a revista pra molecada. E nós nos estapeávamos e nos rasgávamos na luta pelas melhores páginas. Naquela tarde a luta foi por Kim Basinger. Eu ficava sempre com muitas páginas. Não por ser mais forte. É que eu sabia onde bater: nos pontos essenciais. Batia nos rins e nos testículos na hora do buruçu. E na ponta do queixo. E na saliência do osso hioide. E em outros pontos de que ali só eu conhecia a quase letalidade. Mas houve uma tarde em que passei pelo Bar do Biu e olhei os pirralhos ali sentados à espera de Jacques e pensei com desdém: Eu era isso? Que patético. Segui em frente. Não vi quando Jacques apareceu e jogou mais uma revista velha pra eles. E eles a rasgaram e a dividiram. Continuei caminhando. O Bar do Biu não tinha mais graça pra mim. Graça havia no Bar da Kelly. Mas não era de graça. Eu disse: Quero uma mulher. Kelly era uma prostituta velha. Perguntou: Quantos anos você tem? Eu: Doze. Ela: Tenho quatro vezes sua idade. Eu: Não importa. Ela: Você já fez isso antes? Eu: Não com uma mulher de verdade. Só de papel. Kelly riu: Me dê o que você tem aí e vai ter uma mulher de verdade. Espalhei uns cruzeiros amassados sobre o balcão e algumas moedas. Ela disse: Isso dá. Notei a minha última foto de Kim Basinger no meio das cédulas. Kelly me levou pro quarto vagabundo. Os dentes dela eram manchados pela nicotina. Os seios pareciam o fole de uma sanfona. O umbigo era como um cinzeiro. As coxas enrugadas e cabeludas. Mas no meio da minha iniciação pedi que a luz fosse acesa. Queria ver aquela decrepitude claramente. E eu estava feliz como nunca estive. Saí do bordel. Olhei a foto de Kim Basinger debaixo da luz de um poste. Disse a mim mesmo sem originalidade: A realidade mais pobre é melhor do que a mais rica ilusão. E rasguei a foto. Se todos aprendessem isso: eu não teria clientes.

4

Acha que sou um fracasso no quesito mulheres e que elas me desprezam e que elas nunca me amaram — afinal pra pegar uma monga tive que pagar um jantar. Também paguei pra ficar com Kelly — uma prostituta de meio século. E Jéssica — aquela pilantra — sempre me desprezou. E Kátia me traiu com um jogador do Infantil. Mas você está errado. Já fiz sucesso com as mulheres. Mulheres bonitas me amaram. Inclusive havia perto de casa uma garota que não podia me ver — até porque era cega. Mas fiz a ceguinha sorrir e amar. Nosso namoro foi louco. Aqueles longos dedos tocando minha cara. Os cuspes transmitidos e degustados ao longo dos beijos que dávamos. O nariz dela esfregando por partes do meu corpo. O amor dela era baseado em outros insumos que não os visuais. E por isso era tão intenso. Cheguei mesmo a noivar com a cega. Mas não casei. Faltavam dois dias pro casamento e quem deu uma de cego fui eu. Um parente me aconselhava. Me alertava da burrice que é casar com deficiente. Os filhos que tivéssemos seriam cegos. E daí — poderia ter dito — mesmo assim eu a amo. Mas preferi dizer outra coisa — e não vi que alguém se aproximava de mim pelas costas. Eu disse: É mesmo uma burrice casar com aquela cegueta. Ela me ouviu e correu tropeçando em pessoas e móveis. Aquela figura trêmula e chorosa é a derradeira imagem que tenho da minha ex-noiva. Não fui me desculpar. A desculpa é o refúgio do covarde. Depois veio a notícia: Ela entrara na Igreja Matriz por volta de meio-dia num dia de feira. A cega estava vestida de noiva. Acharam estranho. Mas uma ceguinha poderia entrar na igreja assim. Puxou um isqueiro Bic quando estava no meio da nave. Ajoelhou e espalhou as bordas do vestido de noiva que usava. Se eu tivesse visto de cima aquela cena a compararia a um ovo estralado. Começou a tocar fogo na roupa pelas bordas. O tecido era superinflamável. A combustão foi muito rápida. Ela correu pra rua. A feira parou pra assistir ao espetáculo: minha noiva ardia em chamas. Relembrando tudo isso hoje tenho uma única tristeza: ela não pôde ver a belíssima chama azul-amarelada que o tecido queimado produzia naquela feira ao meio-dia. Não tive filhos cegos. De cego — nesta história — só eu sobrei.

5

Muita chuva lá fora. Aqui dentro: um quarto escuro. Uma cama desforrada. Lençóis amarelados e amassados. As persianas são movimentadas pelo vento que entra pelas brechas da janela. O barulho é estranho. Mas pouco audível. O som que domina o quarto é o de Beyoncé — "If I Were a Boy" — se eu fosse um garoto, juro que seria um homem melhor — e de Nando Reis interpretando: "Você pediu e eu já vou daqui." A tarde inteira e metade de uma noite ouvindo as duas músicas alternadamente. E bebendo. O corpo formigando por causa do excesso de vinho. No teto que vem sendo observado há horas se encontra um lustre fora do lugar. Não adianta usar o interruptor: não há como a luz funcionar. Uma vida toda fora do lugar.

Fora dos trilhos. Fora dos trilhos — repito mentalmente. E não há luz alguma a esperar. Os vários interruptores possíveis — a família e a fé e o trabalho e a arte e os sonhos — todos foram apertados à exaustão e nenhum clareou a existência. Resta fechar os olhos. Sentir a cama girar. Sentir a embriaguez: o único movimento em horas embora ninguém se mova. Uma caixa está no criado-mudo. Uma tarja preta no centro seria visível se não estivesse tudo preto. E mesmo que os olhos estivessem abertos estaria tudo preto. E se fosse à rua estaria tudo preto. Pego os blísteres e arranco deles as quarenta drágeas e as coloco na taça de vinho. A taça é levada à boca. Em minutos o efeito das benzodiazepinas começa intensificado pelo álcool na corrente sanguínea. O corpo formiguento passa a esfriar e a dormir. Um engasgo. Uma epilepsia artificial. A morte. Observo tudo. Estou num banco ao lado da cama. Mastigo um comprimido: só pra saber o gosto. Não preciso dormir. É exatamente agora que tenho que agir: os olhos perplexos dela — que olhavam a escuridão do teto — agora olham pra uma outra escuridão talvez melhor talvez mais bonita. E abro as persianas que bateram incansáveis durante horas. Sou como as persianas. Sou incansável. Olho a rua pelo basculante semiaberto. Madrugada: cidade deserta. Ergo o corpo da mulher como um noivo ergue a noiva. Mas a levo pra outras núpcias. E ao fechar a porta um último verso é ouvido. Era a vez de Nando Reis: E jamais eu direi que um dia você conseguiu me magoar.

6

O nome era Nascimento. Mas quando estava montado se chamava Sharon Stone. Isso mesmo: como a atriz. E o plágio — se houve — foi da gringa e não do travesti. Ele se responsabilizava pela quadrilha do bairro. Utilizava o galpão do colégio pra treinar as evoluções e as teatralidades da dança. Gritava os anarriês e os anavantus e os balancês e os travessês e os otrefoás com um biquinho inigualável. Eu não sabia dançar. Mas gostava de peruar os ensaios. Lá vi Kátia pela primeira vez. Era a noiva do evento. Nascimento corria de um lado pro outro com sua calça justíssima e sua camisa *baby look* que permitia ver o umbigo e gritava: Olha a chuva! É mentira! Ele já havia assediado todos os dançarinos da quadrilha e com alguns já havia se enrolado. Pra fugir da rotina num daqueles ensaios olhou o garoto que ficava peruando: eu. O travesti veio até mim: Oi, sou Sharon. Respondi a Nascimento: Deixa de fuleiragem. Sei quem tu és. Ele continuou: Não quer participar da quadrilha? Respondi: Não. Trabalho sozinho. Ele se requebrando: Gosta de dança? Eu disse: Claro que não. Estou de olho naquela ali. O travesti virou a cabeça em direção à quadrilha: Quem? A Kátia? Vai sonhando, otário. Relevei o insulto e disse a Sharon: Você poderia me ajudar? Ele quase se debruçou em mim e disse: Isso depende. Estiquei a mão e toquei as pontas quebradas de seus cabelos oxigenados e perguntei: É o que eu estou pensando? Ele riu fingindo-se encabulado. Eu disse: Está combinado. Nos próximos dias — quando a quadrilha terminava — todos eram dispensados menos Kátia. Eu ficava no galpão do colégio com ela. Aproveitei bem aquele tempo. Sharon Stone veio até mim na noite de são João. Eu tomava meu décimo copo de quentão. Era preciso tomar coragem. Nos encontramos por trás da palhoça. Olhei para aquilo. Pros cabelos oxigenados. Pra barba mal aparada sob o ruge barato. Pra boca vermelha. Pro gogó sobressalente. Ele fechou os olhos e disse: Hora da recompensa. Eu disse: Vai sonhando, otário. Tasquei o garrafão de quentão na testa dele. E voltei a apreciar a quadrilha: Kátia sorriu pra mim com dentes pintados de preto e sardas artificiais nas bochechas rosadas. Nascimento acreditou em mim. Lascou-se. E você vai cair no mesmo erro?

7

A mulher alisou meu tórax e disse: Você parece o Wolverine. Indaguei: Mas meu cabelo é galego e curto. Ela disse: Me refiro ao abdômen e ao peitoral, bobinho. O que ela não sabia é que a responsável por minha boa forma era a mão de pilão que havia no quintal de minha avó. Vovó me fazia arrumar castanhas de caju. Montar uma fogueira. Sobre o fogo colocar um tacho — uma lata dobrada nas extremidades e cheia de furos — e tostar as castanhas. Depois — com paus — eu virava o tacho e jogava terra sobre as castanhas pra apagar o fogo de cada uma. Depois elas eram recolhidas por mim e quebradas uma a uma. Os miolos eu guardava num escorredor de macarrão. Durante todo o processo eu tinha que assobiar. Pra evitar comer as castanhas antes do tempo. Minha avó cochilava mas quando eu parava de assobiar ela abria os olhos. Ela me ensinou a trabalhar. E havia mais: era a vez da mão de pilão. Hoje — quando as mulheres babam meu tórax — agradeço à minha avó e à mão de pilão. Mas na época era um saco: eu colocava as castanhas no pilão e as pisava até que elas virassem pó: farinha. Minha avó era banguela: não podia mastigar as castanhas com a chapa. Eu fazia tudo aquilo por ela. Depois do trabalho ficava usando a mão de pilão como haltere. Retesando músculos. Só abandonei aquele haltere rústico no dia em que trouxe castanhas pra assar pra minha avó e a encontrei morta na sua cadeira de balanço. O lado esquerdo de seu rosto estava desfigurado. A dentadura tinha voado longe. Seus olhos não tiveram tempo de fechar. Nunca me perguntei quem fizera aquilo. Perguntei por que atiraram logo a mão de pilão contra a sua cabeça. Eu perdera duas afeições naquela tarde: a boca murcha de minha avó e o haltere — que ficara ensanguentado. Mas a herança do valor do trabalho ainda está em mim. A herança física da mão de pilão ainda está no meu tórax que a mulher alisa. Mas não é só isso que tenho do herói citado por ela. Há algo mais entre mim e o carcaju — que os canadenses chamam de *wolverine*. Por incrível que pareça minhas verdadeiras garras ainda estão ocultas. Por enquanto olhei pra mulher ao meu lado e disse: Deixa de conversa e vem cá. Afinal: eu estava pagando os serviços dela por hora.

8

Dinheiro nunca foi a mola propulsora pra mim. Aliás uma de minhas frustrações tem a ver com moedas. Nunca consegui praticar o *legerdemain*: fazer a moeda correr entre os dedos como alguns caubóis faziam nos filmes. Não pense que eu era deficiente no que diz respeito à coordenação motora. Meu problema era com as moedas. Consegui fazer uma carta de baralho correr entre meus dedos. Moedas: jamais. Outra prova de minha habilidade: eu espalmava a mão sobre o balcão ensebado do Bar do Biu. E fazia a faca picotar os espaços entre os dedos com rapidez. E enquanto isso conversava com quem estava próximo a mim. Às vezes — pra tirar onda — eu fechava os olhos. Uma vez estava fazendo aquilo quando Kátia passou com um short apertado e um top rosa meio lantejoulado e os pelos do seu corpo estavam clareados com água oxigenada e brilhavam ao sol. Me desconcentrei. Quase decepei um dos dedos. Se quiser conferir basta olhar meu dedo anular da mão esquerda. Há ali uma ruga a mais. Na falanginha. Foi a faca. Aquilo não me desencorajou. Continuei treinando com a mão enfaixada. Mas bom mesmo era quando chovia. E a terra ficava úmida. Saíamos pra rua à procura de terrenos baldios. Alisávamos o chão e desenhávamos sobre a terra a silhueta tosca de um peixe. Na silhueta traçávamos linhas verticais. Uma bem próxima à outra. Aquele traçado ia desde o rabo até a cabeça. E depois tínhamos o direito de matar o peixe. Quem conseguisse fazer todo o percurso — lançando a faca na terra e ela se fixando no chão e acertando o espaço entre as linhas — ganhava. Eu fechava o olho esquerdo e partia pro ataque. Em segundos fazia o percurso. E a faca sempre cravava o chão de modo certeiro. Eu gostava de ver a lâmina cravada e o cabo balançando. Às vezes me perguntam: E você ainda sabe usar a faca tão bem assim? Eu digo: Melhor do que você supõe. Usei esse instrumento contra um ser vivo pela primeira vez quando gravei num bambu o nome Kátia cercado por um coração. É uma pena o dinheiro ter sido a mola propulsora de alguns. É uma pena — pra alguns — eu ainda gostar de ver a lâmina cravada e o cabo balançando.

9

É claro que eu tive uma paixonite aguda por uma de minhas aguadas professoras infantis: a que era chamada de Bento Carneiro. Foi há décadas. No tempo de eu menino: Eu. Iran. Biriba. Meu irmão. Maradona. Barata. Quico. Não há pesquisas mas formamos a pior quinta série da história. Nem dona Clemilda — a diretora — deu jeito. Os jogos interclasses não tiveram final naquele ano. Nosso time quebrou uma perna de dois dos adversários no primeiro tempo da primeira partida. Quadrilha junina também não houve. A quinta série não deixou — de quadrilha bastávamos nós. O único campeonato que teve final foi o de jogo da velha. Nossa professora de matemática — minha paixonite — era a cara de Bento Carneiro — o vampiro brasileiro. Ela não tinha o que fazer. Deixava a sala fazer o que quisesse. Eu — no fundão — olhava as duplas se enfrentando nos sustenidos que iam enchendo o quadro verde de pó de giz. Xis e bolinhas. Sempre joguei com xis: nunca com bolinhas. Mas não participei daquilo: era uma besteira. Se você começasse o jogo no centro: empatava. Se saísse nas laterais: perdia. A não ser que jogasse com um besta. Iran e meu irmão chegaram à final. Iran ganhou. Meu irmão pegou Iran pelo pescoço e começou a asfixiá-lo. A professora — Bento Carneiro — se meteu onde não devia. Interveio. Os alunos não permitiram a apartação. Começaram a atacá-la com uma saraivada de giz. Ela abriu a boca pra reclamar. Um giz entrou na sua garganta. Ela se engasgou. Estava grávida. Poderia perder o bebê. Me levantei do fundão. Dei uns cascudos nos moleques menores que eu e eles pararam de jogar giz. Ergui os braços da professora. Bati em suas costas. E finalmente encostei minha boca no seu nariz e soprei. Ela engoliu o giz. E voltou a respirar. No corredor ofereci um pouco de água do bebedouro. Ela disse: Obrigada. Não foi apenas amor e heroísmo — é que eu estava pendurado em matemática. Alguns se metem onde não devem. Ajo. Com bebês e com crianças não se mexe. E — mesmo quando querem mudar de ideia — continuo o serviço. Pego a faca e faço o xis. Já disse: No jogo da velha nunca joguei com as bolinhas.

Natureza

1

Na natureza o que mais admiro é o mandacaru. Sou assim. Abnegado. Mãe contava a seguinte história: estávamos na casa de uma amiga sua. Uma médica também. E aí fomos almoçar. A médica disse que havia estrogonofe com requeijão e carne de cordeiro e suflê de batata com queijo minas. Mas pedi que ela estralasse um ovo e o servisse com farinha. Quando chegamos em casa mãe me deu uma pisa por tê-la envergonhado. Passado a ideia de que éramos pirangueiros ou pobres. Mãe e depois meu irmão tomavam guaraná Taí. Sobrava um restinho sem gás no fundo da garrafa eu não reclamava por aquela ser a minha parte. Uma vez num aniversário saí juntando o resto de todos os refrigerantes e coloquei-os num único copo descartável. Taí. Soda. Crush. Baré Cola. Tudo junto. Mãe me chamou de porco porque eu bebia aquela lavagem — aquelas sobras. Meu irmão ia ao cinema e comprava pipocas dentro do prédio. Eu guardava o saquinho que ele jogava fora. No dia seguinte fazia pipoca na caçarola de casa e colocava-a no saquinho. E ia com ele escondido pro cinema. As pipocas murchavam. Mas mesmo assim e sem reclamações eu as comia. Nunca reclamei. Sempre fiquei com a pior parte. Os pães dormidos lá em casa já tinham dono: eu. Aquela pasta elástica entre os dentes é a lembrança mais viva de minha infância culinária. Por isso tudo quando Filó chegou para mim e disse: Te amo hoje mais que ontem e menos que amanhã — eu não soube o que dizer e o que fazer. Filó era ruiva de olhos verdes. Tinha um corpo bonito. Era inteligente e mais jovem do que eu. A mulher mais bonita que já me deu bola. Eu disse: Não quero nada sério com você. Ela disse: Você não sabe o que está perdendo. E pensei: Sim. Sei o que estou perdendo. Sempre soube. Mas sou um mandacaru. Porém sem a essência interna — água pro sedento. Sem a flor externa — a beleza pro olhar. Tenho só espinhos e o deserto à minha volta. Ferimentos e solidões. Sempre escolhi o pior caminho. A parte ruim. Aquela que ninguém quer. Mas todos ao redor morrem secos e eu — como o mandacaru — vicejo.

2

Médico? Piloto? Bombeiro? Policial? Professor? Pessoas mais velhas me perguntavam o que eu queria ser quando crescesse. Eu era uma criança. Ainda não sabia dos mistérios e dos abismos. Por isso respondia: Enchente. Perguntavam: Como? E eu repetia: Quero ser uma enchente. Ninguém entendia. Mas era o que eu queria ser. Um recém-nascido. Uma criança tocando uma flor. O sol se pondo. Um casal de velhos que viveram juntos toda a vida. São coisas que as pessoas acham bonitas. Eu não. Acho bonito uma enchente. Vi uma nos meus primeiros anos. A beleza da tromba-d'água arrastando e arrasando tudo — casas e bichos e carros e pessoas — é sublime. Uma força da natureza. E foi a coisa mais bonita que vi até hoje.

A água destrói com simplicidade o mundo e suas míseras esperanças e valores. E é também lindo o depois — depois da tempestade não vem a bonança: vêm a cólera e a fome e o saque e o medo. Mas são as lágrimas de quem perdeu tudo e a humilhação dos pedintes que fazem meu coração se encher de prazer. Finda a enchente. Começa o sofrer. Há fila pra pedir água. Há fila pra pegar roupas velhas e fedorentas doadas por uma caridade hipócrita. Há fila pra pegar comida: um pão seco e com início de fungos mas recebido com gratidão forjada. Depois passava a procissão de banguês. Inúmeros corpos nus e mortos acomodados naquelas padiolas. Bagaços humanos sendo levados à bagaceira das valas comuns. Os rotos pela enchente se tornaram irreconhecíveis e quanto aos outros não havia ninguém que os reconhecesse. Pois a família inteira foi por água abaixo. Sem trocadilhos. E por fim o medo. O pânico. O terror da chuva. Uns pingos se anunciam e há suspeita de chuva e o povo começa a correr e a rezar. A vida vira uma pasmaceira. O povo fica lerdo esperando a expiação de suas culpas. Ainda não virei uma enchente. Mas gosto de me imaginar como uma tromba-d'água. Arrasador. Indiferente. Uma força da natureza. E depois de minha passagem que peguem os banguês e que carreguem seus mortos. E que apenas a suspeita de minha presença seja avassaladoramente monstruosa. Uma enchente: Eu.

3

Pororoca é um macaréu — de alguns metros de altura e com grande efeito destruidor e forte estrondo — que ocorre nos rios do norte do país. Mas pra mim a Pororoca representava outra coisa além de uma idiota onda gigante que segue rio acima. Era um dos lugares preferidos de minha infância: um riacho que se unia a um rio perpendicularmente. No meio da junção havia uma pedra. Aquele lugar era a Pororoca. Passei muitas tardes ali. Foi lá que vi pela primeira vez um urubu em ação. A ave negra apareceu aos meus olhos — como a operária que era — pela primeira vez naquele rio. Eu vinha de uma caçada de passarinhos: o bisaco estava repleto de pássaros decapitados ou estrangulados com as cabeças embaixo de suas asas. Sentei-me na pedra da Pororoca e mergulhei meus pés na água. Fiquei lá até os dedos engelharem. Olhei rio acima. E vi algo na curva do rio. Um urubu ciscava sobre as águas. Parecia caminhar na superfície líquida. A envergadura de suas asas me fez pensar: Que bicho bonito. Estiquei os olhos e vi que não era nenhum milagre. O urubu estava pousado sobre um cadáver humano e trabalhava duro em bicar e tirar seu alimento da carniça úmida. O corpo boiava de bruços. As garras do urubu se apoiavam nas espáduas. A ave bicava o músculo trapézio e as ligações do esternoclidomastoídeo. Erguia a cabeça de vez em quando e o bico revelava nesgas de carne podre. A correnteza trouxe o espetáculo pra perto de mim. O urubu passou à minha frente. Nossos olhares se cruzaram. O rio na sua indiferença levou o carniceiro e a carniça pra longe. O urubu continuou fazendo seu trabalho. Agora — agarrado ao cóccix — bicava as nádegas do cadáver. Puxei a atiradeira. Escolhi a melhor bala de barro que encontrei. A mais esférica. Armei a atiradeira e mirei a cabeça do bicho. Estiquei o garrote o máximo possível. Liberei a bala. E o urubu caiu morto sobre a carniça. No fundo apenas produzi mais alimentos pra futuros urubus. Não foi maldade: precisava testar a mira. Hoje — com a ironia da vida — percebo que sou como aquele primeiro urubu de minhas memórias. Também sou necrófago. Também livro o mundo de carniças. Mas não sou um bicho bonito. E nunca dou as costas a ninguém.

4

Houve um tempo em que escolhi o que fazer da vida. Poderia ter me tornado pistoleiro. Ganharia novecentos reais ao mês — mais os adicionais por trabalhos extras. Andaria num Diplomata preto de vidros escuros e depois num Omega preto de vidros fumê e depois num Vectra preto de vidros pretos até o dia em que seria preso ou morto à traição. De vez em quando viajaria pelo Brasil. Subiria o Amazonas pra matar algum desavisado em Santarém. Viajaria num ônibus São Geraldo a São Paulo pra matar comerciantes na Vinte e Cinco de Março. Haveria vezes em que entraria numa cidade nordestina montando uma CG-125 e com um capacete de visor escuro. E mataria um ou outro promotorzinho. E depois fugiria por milharais ou canaviais. Com a grana iria a Tamandaré ou a Porto de Galinhas. Tomaria Nova Schin e comeria peixe nas barracas. Atividades e recompensas medíocres. Enfim: uma vida medíocre. Mas não sou assim. E sei que a vida é um sobe e desce. E não uma mediocridade. Sei disso desde o dia em que minha avó me pôs de castigo. O porquê: roubei cenouras do quintal dela. Roubei também o mel Karo da geladeira dela. Cenoura com mel Karo. Depois pegava as folhas das cenouras e as devolvia aos leirões. No final da tarde os leirões estavam murchos. Minha avó levantava as folhas das cenouras e não havia nada embaixo da terra. Quando me flagrou passou um daqueles carões inesquecíveis. Disse que tirar as coisas dos outros — sem permissão — era errado. Me prendeu no quarto durante um dia inteiro de castigo. Na cama do quarto havia um colchão de capim e de molas. Pulei na cama boa parte daquele dia. À medida que pulava um quadro dançava aos meus olhos. Ele estava afixado à parede e acima do espelho da cama. Eu subia e descia no colchão e olhava pro quadro: a fuga pro Egito. Estava ali — no sobe e desce — a minha função futura. O que eu faria. Não iria roubar cenoura. Tirar as coisas dos outros — sem permissão — é errado. Seguiria o conselho de minha avó. Ofereceria fugas como o quadro à minha frente àqueles que estivessem em suas interiores prisões e àqueles que não aguentassem mais seus perseguidores. Todos poderiam me procurar e eu ofereceria o caminho pro seu Egito particular.

5

Reconheço que o meu vocabulário é chulo às vezes. E nem parece que sou um sujeito de hábitos singelos. Preservo outro hobby além da fotografia: jardinagem. Cultivo flores quando sobra tempo e depois tiro fotos delas e depois faço quadros delas. É melhor do que trabalhar com gatos. Ao menos as flores não se movem. Nem miam. Nem produzem aquele chiado histérico horroroso de se ouvir. Mesmo quando uso a tesoura de poda ou os ancinhos ou os escardilhos ou os escarificadores ou vangas ou sachos de três dentes. E quando decepo seus caules ou arranco suas folhas elas ficam impassíveis. Não gritam e não choram: aceitam. Sou assim: uma flor. É normal se me admiram. É normal se me podam. E quando eu murchar: normal.

Me especializei em um tipo específico de flor aquática. A chamada flor de lótus. Porque ela se parece comigo. Em vários aspectos. Do lodo nasce a beleza. A flor de lótus tem a ver com mandalas e chacras e mortes e ressurreições. Tenho a ver com mortes e nem sempre com ressurreições. E tem mais: a flor de lótus tem sua própria temperatura e sua própria luz como os seres humanos. Elas emitem calor durante a abertura de suas pétalas. Nunca queira estar perto de mim quando abro minhas pétalas. A temperatura sobe. O ambiente cheio dessa flor fica morno. É isto que faço: esquento aqueles que caíram no Alasca da existência e forneço um lugar aquecido. Mas o que explica minha admiração pela tal flor é este último detalhe: a estrutura da superfície das pétalas é autolimpante. Não é como pensam: as superfícies lisas não são as mais fáceis de se limpar. É a porosidade que impede que a sujeira se acumule pois nem a água adere à sua superfície: ela é repelida. Sou assim: sou revestido de uma substância autolimpante: os rogos e as lágrimas e o arrependimento e os pedidos desesperados e os medos batem em mim e ricocheteiam e não aderem. E não entram em mim: são exteriores. Escorregam. Sou autolimpante. Não deixo sujeiras nem deixo que a sujeira alheia me alcance. Não me confunda. Sou a flor e não o estrume desta história.

6

Nem pestanejaria se me perguntassem uma frase marcante. Eu diria: 2001, não chegarás. Hoje nem tanto mas naquela época se falava muito sobre o fim do mundo. E a profecia era esta: não haveria o século XXI. Todo ano uma velha banguela parava no meio da praça pública. Molhava um pano de prato num balde de água e dizia: A primeira vez foi com a água. E o pano de prato úmido voava espalhando pingos nos ouvintes. Depois ela molhava outro pano de prato no querosene Jacaré e gritava: Mas, agora, será com o fogo. E o pano de prato virava uma língua amarelo-azulada. Eu gostava de ver a palhaçada. Mas a perspectiva do fim do mundo nunca me comoveu. Aquilo parecia piada. Até determinado sábado: eu tinha acabado de receber minha grana por ter assessorado o Homem da Cobra. E perambulava pela feira tentando achar algum neguinho pra comprar ou alguma bola canarinho usada. Foi então que vi — sobre uma lona plástica azul — camisetas de algodão. Nelas havia vários desenhos. De todos os tipos: bola de beisebol e o nome Giants. Mulher mal desenhada com dois pitozinhos ridículos e o nome Xou da Xuxa. Mas o que me marcou foi outro negócio esquisito: parecia uma bola de fogo. E no pé da imagem havia a frase: O cometa Halley. A partir dali tudo relacionado ao cometa e à sua visita me chamou a atenção. Se aquele negócio — vi no *Jornal Nacional*: Cid Moreira falando — colidisse com a Terra: seria o fim do mundo. Passei a me preocupar. Bem que a banguela dizia: A segunda vez será com fogo. Não me arrependi. Tentei curtir. Fiz coisas que só adultos faziam ou que ninguém fazia. Já que o mundo iria explodir: melhor aproveitar. Chegou o tempo em que o cometa Halley passaria por nós. Não me despedi de ninguém. Fui sozinho até o mais alto pé de caju que conhecia. E esperei o fim. Fiquei horas com a cara pra cima olhando pro céu. Querendo ser o primeiro a ser queimado. Não vi nada. Foi uma decepção. Não veio o fim do mundo. Muitas pessoas passaram por mim com força e luz como as do cometa mas se foram e o meu fim não veio. Em ambos os casos: continuo por aqui. E talvez ainda esteja no mundo em junho de 2061 quando o Halley voltar.

7

Já fui um vendedor de leite. Foi antes dos leites longa vida. Foi antes de o governo começar a distribuir tíquetes. Foi antes de dividirem o leite em tipos A e B e C. Foi numa época em que a única diferença era: leite de cabra e leite de porca e leite de vaca. Foi com aquilo que aprendi a arte de vender. Eu não tinha ideia: mas vender leite era uma preparação pro meu brilhante futuro — se é que você me entende. Depois que me estabaquei no final da ladeira — meu irmão me jogou de uma ladeira numa Monark Barra Circular sem freio — consegui me recuperar e consegui recuperar a bicicleta. Depois comprei um galão de leite — tinha tampa de rosquear e uma alça e era de alumínio e muito pesado — e uma poncheira plástica. Logo cedo antes de ir à escola eu ia até a chácara. Havia uma vaca e um bezerro no curral. Eu enfiava o dedo nas ventas do bezerro e o arrastava pra longe das tetas da mãe. Eu dava um coice no danado se ele insistisse. Segurava aquelas tetas moles e úmidas e quentes e ordenhava a vaca que batizei de Kelly — se é que você me entende. Os jatos de leite formavam uma superfície borbulhante no galão de alumínio. Depois eu rosqueava a tampa e botava o galão no bagageiro da bicicleta e saía distribuindo o leite mais barato da região. Bebês se fortaleceram com aquele leite␣gorduroso e amarelado e cheio de nata. É óbvio que de vez em quando eu adicionava um pouco de água ao leite. Mas todo o trabalho era feito com zelo. No final das entregas o recipiente deveria ser lavado com água fervida e depois lavado de novo com água gelada. Senão o leite azedava. E eu perderia a clientela. Havia também o tempo: todo o leite deveria ser entregue rápido ou então fermentava. Durante anos fiz aquilo. Mas nunca vendi fiado: negócio é negócio. Até que encontrei outra coisa pra fazer. Mas não houve escola melhor do que aquela. Não coloco mais água no leite mas coloco coisas na água — se é que você me entende. E depois do serviço lavo o local e me livro dos resíduos. E sim: às vezes uns coices ainda são necessários pra desmamar certos bezerrinhos e bezerrinhas. E ainda não vendo fiado: ia dar trabalho receber depois — se é que você me entende.

8

Como é gostosa a bisteca de porco. E a tripa de porco assada. Sobretudo quando o barrão foi capado no tempo certo. Mas no almoço de hoje foi o feijão o que mais me chamou a atenção. Como aqueles grãos chegaram até mim? Que caminhos percorreram? Eu sabia. Minha avó me mostrara — em mais uma de suas lições quanto ao valor do trabalho. Foi ela quem primeiro me ensinou a usar a enxada e o cacete e a arupemba. Primeiro — isso foi antes de inventarem a maquineta — você pega a enxada e faz uma pequena cova na terra. Joga ali dois ou três grãos de feijão. Depois passa o pé cobrindo-os. Espera uns quinze dias. Aí tem que xaxar o feijão — arrancar as ervas daninhas. Depois vêm outros xaxos: até chegar o tempo em que é preciso colher as bagens. Leva-se pro terreiro aquilo tudo e espera-se o feijão secar — se chover o trabalho está perdido. Quando o feijão estiver seco: você pega um cacete e bate. Por fim pega uma arupemba. Coloca a mistura de feijão e de palha na arupemba. E joga pra cima. Os grãos voltam à arupemba e a pragana é levada pelo vento. Ensaca-se o feijão. O resto é com o capitalismo: aquilo vira *commodities* que por sua vez vão pro mercado e são vendidas e viram comida em restaurante — como aquele onde me serviram. Aprendi a usar a enxada e o cacete e a arupemba. A enxada até hoje me serve às vezes. É preciso saber selecionar e saber usar as ferramentas. Há uma pra cada momento. É assim até hoje. Aprendi a fazer a minha colheita desde cedo. Estudo os homens. Jogo sementes de dúvidas. Xaxo os empecilhos e as possíveis provas ou complicações. Chega o momento da colheita e de bater e de expor o sujeito a si mesmo. Ao sol de sua consciência: o sol mais doloroso que existe. Poucos resistem. Secam. E separo o grão da pragana. Sou uma espécie de arupemba. Decido o que vai e o que volta.

9

Só. Diante do mar. Pensei: É maior do que eu. Explico: as aventuras no rio começaram a me cansar com o tempo e então quis conhecer o mar. Claro que já tinha visto aquele monte de água falsamente verde ou azul. Mas queria estar diante dele sozinho. Sem familiares. Sem barraqueiros. Sem os tsunamis de celulites e os interiores de coxas mal depiladas que preenchem as praias. Sabia que mãe não financiaria a aventura. Ela disse: Quer viajar? Vá sozinho e com seu dinheiro. Juntei uma grana: a passagem só de ida pro litoral. Havia três opções. O frescão: um ônibus com ar-condicionado e TV. O expresso: não tinha luxo mas ia direto ao destino parando apenas nas rodoviárias. O pinga-pinga: parava pra qualquer um no acostamento. Bastava erguer a mão. Neste a viagem de duas horas se transformava numa tortura de quatro ou cinco. Fui no pinga-pinga — era o mais barato. Sentei perto do banheiro — um fedor. O pior que já senti. Mais fedorento que o bafo de Kelly. Pensei que ao menos iria na janela e curtiria a paisagem. Mas chegou uma mulher com um moleque de 12 anos no colo. O bilhete da janela era dela. Tive que ficar na poltrona do corredor. A mãe e o filho sentados numa mesma poltrona tomavam um pedaço da minha. Me espremiam e me irritavam. O para e segue constante mexeu com o estômago do moleque. Ele tentou várias vezes segurar a ânsia emética e conseguiu. Mas depois de duas/três horas de viagem houve um descuido. Ele não segurou e vomitou. Boa parte do vômito bateu em meu braço e em minha bermuda e na lateral de minha perna. O fedor do vômito se misturou ao fedor do banheiro e fez um redemoinho no meu cérebro. Olhei pro menino e seus olhos aparvalhados e seus dentes cariados mostravam um deficiente mental. E a mãe suplicava perdão com os olhos dela. Mas eu não tive dúvidas: botei a mão no bolso lateral de minha bermuda. Cacei algo por segundos. E encontrei. Saquei o objeto. Mirei a cara da mãe e do moleque e disse: Toma. Isso ajuda a controlar o vômito. Era um blíster de Dramin com dez comprimidos. Mas não dê muito senão ele ficará mais tonto do que já é. Sozinho diante do mar horas depois percebi finalmente: havia muitas coisas maiores e mais fortes do que eu.

Métier

1

Serial killer? Eu? Ah me poupe. Por favor não me subestime. Tenho o mínimo de idiossincrasias. Não tenho unha encravada. Não tenho intestino solto. Nem prisão de ventre. Nem enxaqueca. Nem herpes. Nada. Sou normal. Durmo como um bebê. Não tenho necessidade de valiuns ou diazepans. Às vezes tenho caganeira mas isso não chega a ser um distúrbio: é normal. E finalmente: Não sou um *serial killer*. Nem um *spree killer*. Nem nenhum outro desses termos afrangalhados inventados pelos burocratas do FBI. Aliás *serial killers* são marcadamente afetados por sua vida sexual. Eu sempre tive a minha vida sexual sob controle. Pegar mulher feia não chega a ser um distúrbio. É uma necessidade. Sabe o que mais: *serial killers* têm um histórico de urinar na cama. Já pensou na cena: a moleca diz: Ai, ai, por que o senhor vai me matar, seu tarado? E o tarado responde: Vou matar você, sua prostituta, porque na minha infância eu dormia no meu mijo. Ridículo. Sem contar os sujeitos que são *serial killers*: dizem os babacas — repetindo velhos clichês — que eles têm cara de gente normal e situação respeitável. Que estão acima de quaisquer suspeitas. Ah é. Dê uma olhadinha na internet: veja as fotos deles. Ted Bundy. Ed Gein. David Berkowitz. Richard Ramirez. São todos loucos e depravados. Com caras abiloladas e olhos esquisitos. Reconheceria um a quilômetros. E os nomes: Chico Picadinho e o Vampiro de Niterói. Só pra ficar com produtos nacionais. *Serial killers* não matam por dinheiro e consideram a vítima um fetiche a ser vivido. Eu trabalho. E acho justo receber por isso. E sem o depósito no meu nome — feito de maneira sigilosa — não mexo uma pena e não bato um prego numa cocada e não ofendo um pinto. E quando contratado não escolho perfis. Não tenho faixa etária. Raça. Sexo. Basta anunciar nos classificados. Ligarei pra você. E farei meu trabalho. E estamos conversados. Por isso se da próxima vez que seu telefone tocar — o som ecoando sinistro na casa vazia — uma voz grave e penetrante perguntar se você quer realmente comprar o serviço: pense bem antes de responder.

2

Durante a vida recebi — ainda bem — apenas duas mesadas. Meu irmão deu um tapa na minha nuca quando eu tinha 7 anos. Minha cabeça foi involuntariamente pra frente e bateu na quina da mesa. Até hoje tenho a cicatriz na testa: minha primeira mesada. Mãe me empurrou contra uma mesa de tampo de vidro. Me estabanei e caí por cima do móvel. Acordei cheio de cortes horas depois: minha segunda mesada. Aqueles cortes o tempo sarou. Jamais tive uma grana mensal dada mão-beijadamente. Como arrumei dinheiro pra comprar uma máquina de datilografia? Cimento. Eu me obrigava a recolher sacos de cimento nas construções. Era uma tortura. O pó de cimento em contato com o papelão gerava em mim uma espécie de gastura. Era insuportável.

Mas eu suportava. Recolhia centenas daqueles sacos. E ainda separava o restinho de cimento de cada saco e colocava numa vasilha. Depois juntava os papéis dos sacos e os vendia. Me oferecia pra fazer pequenos consertos em muros e pisos e quintais com o pó do cimento restante. Eu mesmo preparava a massa. Misturava a areia ao cimento e fazia no chão um círculo com a mistura. Botava água no meio dela e depois traçava. Gerando a massa. Porém os pés descalços em contato com aquilo eram facilmente corroídos. E minhas mãos que manuseavam a enxada se rasgavam nas extremidades dos dedos. Eles sangravam e o sangue escorria pelo cabo da ferramenta. Mas eu suportava. Os dedos ficavam em carne viva. E a cada traço tudo era magoado e voltava a doer. E meus pés eram rasgados de novo. E por que não usava sapatos e luvas? Porque eu apanhava se descobrissem o que eu fazia. Recolhi durante anos os sacos de cimento e mordi meus lábios e cheguei a feri-los pra suportar a gastura. Fiz inúmeros traços de cimento a ponto de meus dedos não terem praticamente digitais. A pele dos meus pés até hoje está carcomida. Mas tudo foi de grande ajuda: aprendi o valor do trabalho. Aprendi a separar o que é importante do que é fútil. Aprendi a me virar. E virei um homem formado por aqueles cimentos que entraram em mim ao longo daqueles anos. Virei um homem de pedra. Todos os cortes estão hoje curados e sarados. Mas as cicatrizes internas não se fecharam jamais.

3

O crime ficou conhecido em toda a região. O corpo estava enforcado. Havia dias que da casa abandonada vinha um fedor incógnito. A polícia arrombou a porta e entrou. Na sala estava o corpo feminino enforcado e inchado e esverdeado. Moscas adejavam ao redor dos olhos ainda esbugalhados da vítima. Como sei disso? Era uma casa de Cohab. As partes laterais eram desprotegidas. Simplesmente olhei pelo basculante. Aquele enforcamento havia sido forjado — não fora um suicídio. Como sei disso? Havia uma chave de fenda pendendo à altura do coração da mulher. O marido quis simular um suicídio mas não aguentou ver as caretas e ouvir os pedidos finais da esposa. Pra abreviar a dor enfiou a chave de fenda no peito da infeliz. Depois deixou o corpo apodrecendo e fugiu. Um trabalho porcamente realizado. Eu tinha 10 anos — e já sabia disso. Os policiais civis foram até a caixa de correio e pegaram a conta telefônica. Observaram pra quais cidades o homem ligava. Confrontaram dados e — dias depois — acharam o malandro escondido na casa da mãe. Na casa da mãe: é o cúmulo. Entrei na cena do crime passando pelos vãos do basculante. Policiais imbecis guardavam a porta de entrada da casa. Fiquei na sala sozinho diante do cadáver enforcado. O rabecão demoraria horas pra chegar e levar o corpo. Eu estava diante da grandeza da morte. Subi numa cadeira. Enfiei o dedo no ferimento e cheirei o sangue podre: nada demais. Olhei um dos olhos esbugalhados da morta: nada demais. Os seios pendentes também não me diziam bulhufas. Só a sujeira por baixo das unhas das mãos da morta aguçou minha curiosidade. Prometi ali que nunca deixaria sujeira por baixo das coisas. Nunca seria descuidado. Nunca seria descoberto. Nunca deixaria o pânico me dominar. Nunca seria um fugitivo. Só não prometi nunca usar uma chave de fenda. A ferramenta guarda certo charme. Por isso hoje sou sofisticado. Não deixo a feiura da morte dominar a lógica de minhas ações. É preciso suportar todas as caretas paridas pela aproximação do fim. E ignorar todos os pedidos daqueles que estão prestes a morrer.

4

Era preciso um plano. Basta a vida de improviso. Ela se chamava Biá. Era uma dessas gordas de gordura bem distribuída. Coloquei a grana na mão dela. Ela disse: Só meia hora. Depois contratei um pirralho qualquer. Entreguei a ele a atiradeira e a grana. Por fim imaginei uma desculpa caso fosse descoberto. Fomos os três pros fundos do prédio. Eu disse a Biá: Vai lá e faz o serviço. Ela se requebrava e fiquei olhando as nádegas pra lá e pra cá. Mas eu tinha coisas mais importantes a fazer. O vigilante veio falar com Biá e ficaram ali dizendo fuleiragens. Entrei no prédio. O pirralho ficou no escuro com a atiradeira apontada pro teto. O pirralho atiraria a pedra no telhado se o vigilante voltasse do flerte com Biá. E eu me viraria. Tudo pronto. Entrei. Era A Pedra: nome vulgar dado à sala/mesa de autópsia de alguns necrotérios. Lá fica o corpo até que os trâmites legais sejam realizados e o cadáver seja liberado. É o primeiro leito pós-morte. É onde a alma se desprende da carne. Era um lugar que eu deveria conhecer. Não serei folclórico: não era um silêncio aterrador. Não era um corredor escuro. Não era um ambiente claustrofóbico. Era um lugar agradável. Havia um corpo n'A Pedra. Dei a volta na mesa olhando-o. Olhos escancarados. Boca entreaberta. Uma facãozada no peito esquerdo. Consultei o relógio. Quase lá. Apaguei o interruptor. Meia-noite. Esperei. Esperei. E não houve nada. Não havia alma alguma. Não apareceram demônios ou anjos pra levar o espírito. Um marasmo. Meia-noite. Um moleque pré-adolescente sozinho num necrotério e diante de um cadáver assassinado com uma facãozada e não aconteceu nada. Uma asneira. Nenhuma beleza havia ali. Voltei a acender a luz. Olhei o corpo outra vez. Os olhos olhavam o nada. A boca entreaberta estava emudecida. O coração estava falido. Tudo que poderia ter sido e não foi. Aquilo sim: era a beleza. A arte. A morte era real. O resto não. Nem sequer era belo. O vigilante voltou mais cedo e me flagrou. Biá farrapou e o pirralho farrapou. Peguei meus últimos tostões e comprei minha liberdade. Mas naquela noite me decidi. Não: ao mistério do desconhecido. Sim: à beleza da morte. Eu forneceria também a liberdade alheia — e ela teria sempre um preço.

5

Acha que sou precoce? Adiantadinho? Só porque quis visitar A Pedra ainda menino? Nunca fui precoce. Fui sempre uma criança comum. Não tenho culpa se os jovens atuais são uns babacas que passam a vida no computador e não adquirem experiência. E digo: havia moleques ainda mais tarimbados e safados do que eu. Eu fazia mas muitas vezes eram eles que levavam a fama. Imbecis começaram a ficar famosos com base em minhas atitudes. Quem invadiu o necrotério fui eu. Mas o cara apareceu no dia seguinte pagando pau. O calhorda não tivera coragem de atirar uma pedra no teto do prédio. Mas encheu a escola dizendo que ele invadira A Pedra. Tudo bem. A família do Nego Laércio foi pro hospital graças aos meus peixes.

Mas apareceu um sujeito dizendo que ele é que tinha começado a acabar com o catimbó na cidade. Tudo bem. Em várias outras aventuras os moleques — estes sim ladrões precoces — roubaram minha glória. Tudo bem. Até o dia em que um mala tirou onda. Era o baile de formandos da oitava série. Levei uma sacola de pimentas. Na meia-luz joguei as malaguetas no chão. Foram esmagadas pelos pés dançarinos. O bafo da pimenta subiu e entrou nas narinas e nos olhos do povo. Foram chororôs e fungados intermináveis. A formatura foi um fiasco. Procuraram descobrir o culpado. Um cara se acusou. E não é que ele virou uma lenda no colégio? Durante o ensino médio foi admirado pelos colegas e temido pelos professores. Ganhou fama. Passou por mim — o verdadeiro autor — e disse: Viu só, babaca, fiquei famoso. Pensei: Tudo bem. O tempo passou. Acompanhei sua vida de longe. Crescemos. Estava bêbado um dia e cometeu um acidente automobilístico e foi levado ao hospital. Eu estava lá naquela noite. E tinha uma sacola de pimentas. Queimei o fusível. O pronto-socorro ficou às escuras. Uma correria. Joguei as pimentas. E fui embora. Não deu tempo de ver o bafo atingir olhos e narinas de médicos e enfermeiros. E de um paciente em especial. Contorceu-se de angústia quando lhe foram ministrados os remédios errados. Ninguém soube que eu fizera aquilo. Não quero ser famoso. E não sou precoce. Nem sou um gênio. Nem sou adiantadinho. Fui e sou um sujeito comum.

6

A roleta era simples: vinte e cinco figuras de animais. Como no jogo do bicho. Eu estava havia horas jogando ali. Tinha perdido quase tudo. Coloquei minha última ficha sobre a figura do leão e torci pra que a bolinha na roleta parasse na figura correspondente. Aquilo me daria algum dinheiro e a possibilidade de continuar jogando. Enquanto a roleta girava e a bolinha pulava de bicho em bicho eu apertava minhas mãos ainda laceradas pelo cimento. A bolinha parou na figura do elefante. Eu tinha perdido. Estava liso. E minhas mãos continuavam rasgadas. Havia algum truque naquele jogo. Durante uma semana acompanhei de longe os movimentos do crupiê. E finalmente descobri como era feita a fraude. No centro da bolinha plástica havia um núcleo de ferro. E por baixo da roleta havia um ímã. O crupiê mudava a cada rodada o ímã de lugar — de bicho — pra não levantar suspeitas. A banca sempre ganhava. Às vezes ele passava uma mensagem subliminar pra um dos supostos jogadores que era um parceiro seu. E a banca — falsamente — levava prejuízo pra não dar muito na cara. Perdi muita grana ali na base da desonestidade. Eu que sempre fui um defensor do trabalho. Eram umas quatro horas da manhã quando a banca fechou naquela noite. Todos os que trabalhavam nela já haviam ido embora. Até o malote de dinheiro já fora recolhido. O crupiê estava só. Eu o segui. Ele percebeu minha presença quando enfiou a chave no buraco da fechadura. Virou-se. Estava pálido. E disse: Por que você está me seguindo? Eu poderia ter dado umas cacetadas no safado. Mas perguntei: Como é que ninguém nunca descobriu a fraude? Ele disse: Não é uma questão de rapidez. Mas sim a naturalidade e a segurança com que você faz. Eu disse: Ok e fui embora. Foi uma grande lição. Hoje funciono como aquele ímã. Atraio as pessoas. Não qualquer um. Só aqueles que dentro de si mesmos possuem uma quantidade significativa de ferro e consequentemente de ferrugem. O mundo-roleta gira gira gira. Mas eles acabam ligados a mim. Ou ligando pra mim. E ganham o prêmio. São os sorteados. Nessa roleta ganhei muita grana sim. Trabalho com a naturalidade e a segurança daquele crupiê e por isso nunca perceberam nada.

7

Ele se aproximava girando a marreta enorme no ar e assobiando. Eu o observava de longe. Sentado num banco de concreto à sombra de uma amendoeira — não raro comendo aqueles frutos ovais e roxos. O cara se aproximava da cerca e atravessava todo o curral. Passava depois por uma espécie de jequi. Sempre com a marreta na mão. Até que chegava a um pequeno corredor formado por duas cercas de madeira de quase dois metros de altura. Horizontalmente as cercas continham quatro tábuas. O espaço era de um metro e vinte entre as cercas. O piso do corredor era cimentado. Ele subia sempre a cerca à esquerda de quem olhava da minha posição. Uma corda de couro prendia a marreta em seu pulso naqueles momentos cruciais em que ele vencia um a um os quatro caibros que o levavam ao topo da cerca. Lá em cima havia uma plataforma. Ele então ficava com as pernas abertas no alto da cerca e abaixo dele os ajudantes empurravam com aguilhões os bois e as vacas. Os animais paravam bem embaixo da marreta. Estavam tristes e previam seu fim. O homem erguia a marreta e — não importavam os últimos movimentos do boi ou da vaca — a marretada descia no lugar certo: o centro da testa do animal. As quatro patas — como que acometidas por um choque — tremiam simultaneamente e o boi ou vaca caía. E seus tremeliques finais eram de uma sincronia sobrenatural. Todos os bois repetiam os mesmos movimentos finais. Sem originalidade. Mas o golpe da marreta tinha sempre variações. Depois os bois eram sangrados. Seu couro era retirado. Seus fatos expostos. Seus mocotós cortados. Mas o momento sublime era mesmo a marretada. Sei disso. Eu estava ali todas as sextas-feiras. Depois começaram a usar cilindro de oxigênio. Uma ofensa à grande arte de marretar os bois. Eu veria muitos espetáculos pelos anos afora e nada se equipararia àquilo. Anos depois: estávamos no alto de uma ladeira. Era noite. Ergui a marreta. A pergunta que o cliente faria eu antecipo. E já respondo. Sim. Também gosto de fazer isso.

8

A coordenadora pedagógica disse: Eu não. Fale com o diretor. O professor então seguiu pelo corredor me amparando. O diretor bufou e disse: Tudo bem, eu ligo. Mãe — o terror do colégio — chegou logo. Estávamos na sala eu — com o pé estropiado — e o professor responsável pela sala no momento do acidente e a coordenadora pedagógica e o diretor e mãe. Como se fosse a dona do negócio ela disse: O que houve? O diretor olhou pra coordenadora que olhou pro professor e ficaram mudos. Acovardados. Tomei a palavra e disse: Foi Iran — o índio — que derrubou o birô sobre meu pé e espragatou minhas unhas. Levantei o pé machucado. Balancei os dedos de extremidades pretas — o sangue pisado sob as unhas. Uma dor terrível. Mãe me puxou pela orelha: E você deixou, seu frouxo? E depois ela olhou pras autoridades escolares e disse: Espero que o índio seja expulso até amanhã. Os três aceitaram a proposta balançando a cabeça. Fui pra casa. Pensei naquela mentira: eu havia derrubado o birô sozinho sobre meu pé. Iran nem estava na sala. Mas se eu fosse o culpado exclusivo por aquilo não teria sentido só um puxão de orelha. Teria sido uma surra. E nem tratamento médico eu iria ter. Aprendi a mentir muito bem desde aquela época. E contei com a conivência das autoridades. Foi o que aprendi de útil na escola: mentir e barganhar. Mas pensando bem há outra coisa que aprendi: eu comprava uma caneta Bic e a colocava alguns centímetros acima da chama da vela. Eu ia envergando a caneta à medida que o calor deformava o plástico. No final: ela ficava toda rosqueada. Diferente. Mas não perdia sua utilidade. Continuava a escrever perfeitamente. A deformação a tornava única e especial. Não uso nada do que aprendi com os professores na vida prática. Mas usei essas duas lições há bem pouco tempo. Descobriram na calçada de um prédio um corpo feminino e começaram as investigações. Revistaram o computador e o celular da minha primeira namorada: a suicida. Me acharam. Fui depor. Menti e barganhei. Os policiais tentaram botar pressão. A coisa esquentou. Por assim dizer: passei pelo fogo e me entortaram. No final saí rosqueado. Mas vencedor. Não perdi minha utilidade. E minha deformação me torna único e especial.

9

O muro possuía grampos de ferro. Mas eu afixava a tábua nos grampos e me sentava ali. O grupo escolar ficava no alto da colina e na rua que se estendia ladeira abaixo havia uma igreja no final. Todo dia 20 de janeiro de minha infância me postei ali e esperei. Até que no meio da tarde aparecia o povo e começava a seguir uma procissão. As pessoas cantavam e falavam e gemiam. A ladainha subia antes a ladeira de paralelepípedos e depois vinham os fiéis. Alguns usavam chicotes contra as costas — mas eram de algodão — e fingiam martírios. Tinha gente que subia a ladeira de joelhos e outros com pedaços de paus imitando mãos e pernas e pés. Alguns pediam pra serem atendidos e outros agradeciam uma graça já recebida. E eu achava graça. No centro da multidão era avistado o motivo daquilo. Um santo: um jovem sem pelos no corpo. Ele usava só um manto vermelho ao redor da cintura. Chamava-se são Sebastião. Sei a história do santo. Mas não vou fazer hagiografia. Basta saber que ele morreu e foi santificado. O andor mostrava o santo amarrado a um tronco e trespassado por flechas. A peça dava um giro na cidade e a enchia de som e cores e ilusões. E depois parava à porta da igreja e era colocado num rico altar sob um pálio colorido. Não era a única procissão daquelas bandas. Havia a de Cinzas. A dos Passos ou Estações da Via Sacra. A dos Penitentes ou Fogaréu ou Flagelantes. A do Senhor Morto. E várias outras. Mas nada me tocava mais do que estar lá — naqueles janeiros — no topo da ladeira e ver o santo vir ao meu encontro. Em cima do muro ficávamos no mesmo plano e nos olhávamos. Eu perguntava ao santo: Por que uma na coxa e outra no plexo solar e ainda outra no coração? Que tipo de carrasco era aquele? Que matador fuleiro era aquele? E o santo não dizia nada. Não faço esse tipo de coisa. Não sou um açougueiro. O santo me deu uma graça: me ensinou pro resto da vida a fazer meu trabalho direito. De um único golpe. Sem desperdício. Geralmente oito centímetros acima do plexo solar. Na caixa torácica. Ou na subclávia — abaixo do sovaco. Basta um golpe e oito segundos depois. Homenageio são Sebastião em várias épocas do ano.

10

Não assisti ao filme *Os reis da rua* sobre o departamento de polícia de Los Angeles. Eu tinha meu próprio mistério a ser elucidado. Minha investigação começou quando o delegado me interrogou sobre Nascimento — o traveco em quem eu tinha dado uma garrafada. Fui sincero com o delegado. Disse que fui assediado e como homem que sou defendi minha honra. Ele se levantou e abriu a porta e disse: Desaparece. Pra mim isso basta. Depois o delegado teve uma discussão com o prefeito. Estavam numa palhoça. Um bêbado por acidente derrubou o mastro que segurava o telhado. O prefeito histérico procurou o delegado e mandou que o policial prendesse o sujeito.

O delegado disse que não. O prefeito o olhou com ar de descrença. E o delegado disse: Esquece. Pra mim isso basta. O cara era dono de si. Graças à minha investigação descobri que uma das principais credenciais pra que ele mantivesse aquele típico ar de superioridade era que nenhum preso ou bandido o encarava. Todo mundo abria pro delegado. Pois algo acontecia quando ele prendia pedófilos ou como naquele tempo eram chamados: papa-anjos. Eles duravam na delegacia um mês. E morriam. Um mês de prisão. E morte. Claro que apareciam os Direitos Humanos: mas os corpos não traziam nenhuma marca de violência. E a cidade temia o delegado. Diziam que ele matava com o olhar. Eu — como não acreditava nessas frescuras — investigava. Um dia descobri tudo. Vi o delegado comprar um quilo de pregos médios. No rádio falaram da prisão de um casal que abusava sexualmente de uma criança. Esperei um mês. Ansioso. O casal morreu mesmo como era esperado. Fui ao lixo da delegacia. Vi o saquinho de pregos vazio. Matei a charada: o delegado pregava pregos na cabeça dos presos. Não sangrava. A cabeça doía. E depois eles morriam. No corpo não havia marcas. E o cabelo de um mês camuflava os pregos. Meus clientes também não trazem marcas no corpo ou visíveis. Mas eu consigo pregar neles pregos mentais. E trabalho nisso. E forneço o adeus assim como o delegado. Mas reconheço que não sou tão seletivo quanto ele. Pra mim aquilo não bastava: queria mais. Por isso sei que nunca ocuparei uma vaga na polícia de Los Angeles. Embora às vezes me confundam com Keanu Reeves.

11

Os velhos costumavam falar que o progresso da região havia sido destroçado quando o trem fizera sua última viagem. Era um chororô e um misto de comoção e nostalgia falar daquela última viagem. Não alcancei nem o tempo em que o trem funcionava nem o tempo em que o trem deixou de funcionar. Pra mim era uma espécie de lenda urbana. Um trem fantasma. Mas depois de alguns anos descobri — próximo à cachoeira — trilhos enferrujados e britas e alguns dormentes afrouxados. A linha prosseguia pelo meio do mato. O resto dela — que deveria seguir até a cidade — já havia sido roubado e vendido pros ferros-velhos. Após a descoberta usei aquela linha abandonada pra refletir. Olhava os trilhos e perguntava pra onde aquilo me levaria. Às vezes eu caminhava até não aguentar mais e desistia e voltava. E mesmo no dia em que caminhei para além de minhas forças não consegui achar sentido naquilo. E descobri o que me perguntava: até onde esse ou aquele caminho me leva é inútil. Nunca mais me questionei. Sobre nada. Apenas fiz. Eu poderia ter perguntado: Até onde isso me levará? Mas seria inútil. Por isso não me perguntei. Não estava interessado em respostas. E talvez — repito: talvez — seja este caminho como aquele: sem finalidade. Me cansarei e não conseguirei achar nada. O farol do meu carro iluminou o matagal. O espaço onde o mato era rasteiro foi reconhecido como o resto da linha férrea. Parei ali. Abri o porta-malas: olhei pra mulher. Eu não quis agir quando ela me contratou. Mas ela rogou aos nossos velhos tempos. Então eu quis agir. Peguei a fã de Beyoncé nos braços. Novamente como um noivo. Ali perto ainda estava a cachoeira com grandes lembranças. Caminhei amassando o mato com meus sapatos: um noivo às avessas que não a apresentava à vida mas à morte. Entre os trilhos deixei o corpo da mulher. Ali ninguém a acharia. Talvez apenas os urubus. Mas ela sempre serviu de comida aos urubus. Já devia estar acostumada. Voltei pro carro e coloquei o CD de Beyoncé. Ela havia chegado ao fim da linha. Eu não. Mas quer saber? Estamos bem próximos disso. Da última viagem do trem que sou. Mas não quero chororô.

12

Foi um evento quando entrou no ar o jornal *Aqui Agora*. Um pseudojornalismo baseado na apelação e no sensacionalismo. Mas casou em cheio com a sensibilidade da ralé. Havia repórteres ridículos que com o tempo se tornariam *kitsch*: Gil Gomes e Celso Russomano e O Homem do Sapato Branco. Numa de suas primeiras transmissões o tal jornal divulgou que um cara estava atrapalhando o trânsito de uma avenida movimentada de uma grande cidade. Quando a polícia e os repórteres chegaram encontraram o cara desacordado. Reclinaram o banco. O sujeito ficou ainda mais esquisito: pálido e com a boca aberta. O policial tomou diante das câmeras o pulso do motorista e fez que não com a cabeça. Todos ficaram comovidos.

O jornalista-âncora falava de modo afetado explicando sobre a efemeridade da vida e afins. Eu assisti a tudo comendo pipocas. Indiferente. Insensível. Como se nada de anormal estivesse ali. Exceto a presença mais do que comum da morte. E do fim. Aquela papagaiada não era mais importante do que o gosto amanteigado das pipocas. O povo ao redor do carro segurava o queixo e a boca. Uma hipocrisia que você e eu sabemos não duraria além do circo televisivo. Houve alguns minutos de angústia. Depois o jornalista-âncora deu o sujeito como morto. Confortou via televisão a família que talvez estivesse vendo tudo aquilo. Falou em Deus e no pós-vida. Mas aí chegou a médica do corpo de bombeiros. Afastou o PM. E fez uma massagem no plexo solar do motorista. Não foram dez segundos: o cara acordou. Os basbaques que assistiam ao evento ficaram pasmos e alegres. Depois deram uma salva de palmas. Pro doente? Pra médica? Pro policial? Um câmera mais esperto deu um close numa mulher que não segurava as lágrimas. E eu comia pipocas. Uma delas caiu no chão. Tirei a visão da televisão e fui atrás da pipoca. Aquela ressurreição também não valia uma pipoca. O motorista reanimado e ainda leso tirou uma carteira de cigarros e começou a fumar — como se nada tivesse acontecido. Ingrato. Depois guiou o carro normalmente e foi embora. Por isso eu não espero nem médicos nem ressurreições nem discursos piegas. Comigo é: aqui. Agora.

DNA

1

A mulher na fotografia tem cabelos galegos. Seus olhos claros encaram a lente tirando qualquer sinal de naturalidade possível que a foto poderia supor. Ela não sorri. Os lábios parecem uma risca abaixo do nariz. Mas conheço aqueles dentes: parecem pérolas. Dentes que me deram mordidas no braço. Um dos garotos da foto — o maior — olha um ponto longínquo à esquerda do fotógrafo. Segura o queixo como a escultura do pensador. No que pensa? O que arquiteta? Eu sei. Vou lascar meu irmão caçula — é o que ele planeja. O outro garoto — o menor — tem os olhos baixos como se examinasse formigas no chão. O menino criou um jeito de atrair formigas: espalhar doces e com isso formar uma carreira de insetos. Estes serão esmagados.

As roupas dos três são de uma década passada. Porém se vestem de maneira sóbria e ascética. Quase impessoal. Suas marcas e suas personalidades — fortes — subjazem àqueles perfis serenos. O sofá onde estão sentados é protegido por um plástico transparente e barulhento. Na época da fotografia já havia dois anos de sua aquisição. Por que o plástico? A mulher da foto — mãe dos garotos — não gostava de deixar marcas nos seus móveis. O caçula aprendeu a nunca deixar marcas. Deixar salivas pra CSIs? Nunca. Foi uma piada de um senso de humor raro. Porque os três naquela foto tinham um senso de humor exótico. E é exatamente esse senso de humor que levará a foto a ser jogada na lareira. Abandono a janela envidraçada por alguns segundos. O blindex. E vou até a lareira. Por instantes a cidade sai do meu campo visual. Estou diante do fogo. As bordas da foto atirada na lareira começam a brilhar com as línguas ígneas e depois enegrecem. Tudo se engelha no retrato. E depois tudo vira pó. Meus entes brilharam. Foram carcomidos. Agora são pó. E hoje acabo com a única lembrança física que tenho deles. E de mim. A única foto de nós três juntos. Mas este não é o fim. Restos sobreviverão. Continuarei: como um amontoado de pó escurecido.

2

Aqui: uma varanda cercada por blindex. A cidade está aos meus pés. Mudo o foco da visão e abandono as luzes de neon lá embaixo. Olho pro reflexo opaco no avesso dos vidros. Me observo no tosco e improvisado espelho e digo: Não. Nem sempre você foi assim. Nem sempre você foi isso. E é verdade. Nem sempre. É claro que não há fotos — destruí todas — mas já ganhei um Concurso Municipal de Dança. A música: "Não se reprima" — Menudos. Também já ganhei numa quermesse um prêmio por uma interpretação musical. Cantei uma música de Assisão: "Desejo louco". Faz muito tempo. Foi bem antes daquela imagem que me dominou e me definiu. Numa noite de febre — quarenta graus — mãe me deu apenas um banho frio e sentou ao meu lado. Estávamos na chácara da família. Tínhamos dinheiro pra comprar antitérmicos mas ela não quis. Tínhamos carro pra buscar o remédio mas ele não foi usado. Aguentei a febre. Os suores noturnos. Os delírios comprometedores. Os lábios estourados. Olhei fixamente pro teto. Mãe descascou a laranja que trouxera e a casca — sem ter sido quebrada — formava uma laranja perfeita em sua mão. Exceto pela ausência de conteúdo. Ela jogou a casca pro teto pra dar sorte. E deu. A casca ficou presa — como uma cobra à espreita — nas madeiras da cumeeira da casa. Com o tempo me curei da febre. Mas a casca da laranja não foi tirada de lá. Repito: era pra dar sorte. Vi — durante noites e noites — aquela casca murchar. E secar. E endurecer. E escurecer. Minha essência humana talvez tenha ficado lá na chácara e nas quermesses e nos menudos e nos assisões. Sou hoje só casca. Um invólucro. E assim — durante anos — suportei a febre que é a vida. Me vi preso em mim mesmo. Murchei. Sequei. Endureci. Escureci. Mas não pretendo sair daqui e não pretendo deixar de ser isso. Afinal balançar na cumeeira da existência — como uma cobra à espreita — dá sorte: ao menos pra alguns. Sou hoje um humano perfeito — exceto pela ausência de conteúdo.

3

Tenho uma cicatriz externa: um corte no queixo. E tenho uma interna: meu irmão mais velho — que era melhor do que eu em tudo. Mãe dizia isso sempre. Em tudo — frisava. Trabalhos braçais. Escola. Futebol. Esportes em geral. Garotas. Ele sempre me vencia. Jéssica — uma pilantra da escola — deu a ele seu primeiro beijo só porque sabia que eu estava olhando. Meu irmão na adolescência domava cavalos e tinha muitos cães que lhe obedeciam e me mordiam. Só nos uníamos no time de futebol do bairro. Mas mudei de time: queria ser adversário do meu irmão. Virei desertor e traidor na vizinhança. Não me importava: tinha que enfrentá-lo. Nossos times chegaram à final do Campeonato Municipal. A quadra do Centro Social não tinha cobertura e era na parte alta do terreno. O panorama que se apresentava atrás de um dos gols era de uma imensidão e de um deserto desalentador — era um retrato interno de mim. Ali enfrentei meu irmão e meu primeiro inimigo. A pressão contra nosso time foi grande. Um monte de bolas na trave. Mas bem perto do fim puxei um contra-ataque: como dois defensores fecharam o meio abri o jogo pra lateral. O goleiro veio pra cima de mim. Driblei o goleiro e fui pra linha de fundo. Mas a bola escapou. A jogada estava perdida. Exceto se eu fizesse uma loucura. Fiz: me joguei sobre o concreto e consegui tocar a bola pra dentro do gol. Mas não consegui me equilibrar. Caí estupidamente com a cara no chão. Quando acordei estava banhado no meu sangue. Meu queixo estava lascado. Um dente havia se quebrado. Mas eu tinha vencido. Passei a mão no ferimento maxilar e meus dedos ficaram banhados de sangue. Lambi — um a um — os dedos. Estiquei e abri os lábios da ferida. Coloquei o dedo indicador da mão livre lá dentro. E suportei a dor. Trocar o meu sangue e a minha dor por aquela pequena glória valeu a pena. Trocaria de novo. Trocar sangue e dor por glórias sempre valeria a pena dali pra frente. E foi o que fiz. E é o que faço.

4

Meu irmão morreu tostado num incêndio no circo. Recebemos com espanto seu corpo diminuído e escurecido. A morte e o fogo desenharam um sorriso arreganhado no seu rosto. Ele era melhor do que eu em tudo. E seria muito difícil superar a dramaticidade e o heroísmo da sua morte. Escapara do incêndio mas voltara pra salvar a namorada. O mastro quebrou e a lona o envolveu e as queimaduras de terceiro grau o levaram. Pra mim foi um alívio. Viver sem sua presença e sem as comparações foi uma espécie de renascimento. O tempo passou. Não senti sua falta. Mas algo estranho começou a ocorrer. Tentei usar um casaco dele — seu casaco preferido — e uma borboleta vinda do nada pousou em meu ombro quando eu estava diante do espelho. Espantei o inseto. Mas algo estranho me fez voltar a guardar o casaco e desistir de usá-lo. Fui dar um passeio com a moto do meu irmão dias depois. A borboleta estava do meu lado me vigiando durante o trajeto. Só sumiu quando desisti e deixei a moto na garagem. Li uma história boba de que borboletas são espíritos ou coisas parecidas. Uma besteira espírita de metempsicose. A borboleta pousou no telefone quando liguei pra minha cunhada e utilizei o golpe cafajeste do cunhado prestativo — era algo estranho. Eu disse à cunhada: Ligo já. E segurei com os dedos das mãos as quatro asas da borboleta e senti a sedosidade delas. Sentei no chão e olhei o inseto esperneando. Conversei com ele: a primeira conversa que tive com meu irmão em anos. Pusemos nossas diferenças em dia. Depois me levantei e fui até a cozinha. Abri o gás e apertei um botão. A corrente elétrica acendeu uma das bocas do fogão. Coloquei a borboleta no fogo segurando-a pelas asas. Vi sua combustão completa. Até queimei meus dedos. Mas me livrei de vez da presença do meu irmão. A vida era bem melhor sem ele. Voltei a ligar pra cunhadinha. Marquei um encontro de consolação. Era o que ela achava. Sorri pra mim mesmo quando desliguei o telefone. Não havia espelho por ali mas eu deveria estar com o mesmo sorriso arreganhado que a morte e o fogo desenharam no cadáver do meu irmão. Fim das estranhezas. É o que digo a meus clientes: tudo fica mais leve e natural — é só ter coragem.

5

Já roubei pirulito Zorro de crianças. Inclusive das aleijadas. Feri animais indefesos e capturei outros só pelo prazer da caça e do desespero dos gestos de presa. Já decepcionei e já bati em cegos e cegas e já soquei um mudo. Já fiz traquinagens e terrorismos. Joguei bomba na escola e pimenta no hospital. Soltei balões que causaram incêndio e usei cerol nas linhas de pipas que cortaram desavisados motoqueiros. Não me arrependo de nada. Não falo que só me arrependo do que não fiz. Simplesmente porque fiz tudo. Eu podia com o pote e por isso fazia a rodilha. Suporto tudo e isso me dá o direito de ousar tudo. E quando caí fui como uma cachoeira.

Caí e segui em frente. Mas de uma coisa que fiz tenho vergonha: fui fã do Guns. O problema não era gostar das músicas. O que me fere a consciência é que eu gostava de imitar Axl Rose. Fazer curvinhas com o corpo: fiz. Cantar com a voz em falsete: cantei. Deixar o cabelo crescer: deixei. Vestir *kilt*: vesti. E usei sim shortinho *cotton* ridículo e gritei "Sweet Child O'Mine". Por que revelar isso agora? Porque o que me envergonha hoje me salvou um dia. A vergonha é a camisinha da vida. Estávamos no Circo Del Pamplona. Eu e meu irmão. Uns amigos dele perguntaram se depois do circo nós iríamos pro show. Meu irmão perguntou: Que show? O show de Carlos Alexandre. E todos cantaram o refrão: Você é a ciganinha / dona do meu coração. Fiz cara de desprezo. Ora eu ouvia Guns N'Roses. Os amigos de meu irmão notaram e tiraram onda de mim. Meu irmão veio em minha defesa? Vai sonhando. Ele se juntou aos amigos e riu de minha cara e tomou meu relógio Champion. Quando me distraí puxaram minha calça e revelaram — não uma cueca Zorba — mas um short *cotton* imitando a bandeira americana — como o do Axl. Riram tanto que tive que ir embora do Circo Del Pamplona. Até hoje meu lábio inferior tem a cicatriz de quando voltava pra casa e o mordia de raiva. E desejava que meu irmão morresse. Por ironia ele morreu mesmo.

Aquele foi nosso último contato em vida. Meu irmão morreu no incêndio do circo. Depois olhando seu corpo tostado eu poderia ter ficado com a consciência pesada e poderia ter me envergonhado. Mas é como disse: a única vergonha que tenho é ter imitado Axl Rose.

6

Vi e ouvi muitas coisas nesta vida. Coisas demais. Passei por muitas sensações. Sensações demais. Porém o mais constrangedor não é quando o enforcado defeca. Não é quando o cara da overdose vomita em seus pés. Não é quando o sujeito se ajoelha e beija suas mãos pedindo clemência. Nem mesmo um homem chorando em seu ombro. A pior sensação do mundo é quando um estranho sorridente chega até você e diz: Lembra de mim? E você não lembra. Estacionei o carro e fui pedir informações. Alguém apertou meu ombro e disse: É você mesmo? Fiquei calado olhando aquele baixinho. Ele disse: Lembra de mim? Fiquei mudo. Ele continuou: Sou eu, cara, a gente jogava bola junto. Lembra? Pregávamos chuvinha nas asas dos pombos. Amarrávamos gatos nos rabos de cachorros. Lembra? Fazíamos guerra com aquela planta, mijo-de-velho. Eu disse: Não conheço você e o nome da planta é espatódea. Ele insistiu: Sou eu: Roberval. Deixei Roberval falando sozinho. O cara deve ter olhado minhas roupas e meu carro. Deve ter pensado: Amostrado, safado. Mas eu não o reconheci. Na rodoviária me disseram que os circos ficavam no Alto do Cruzeiro. Voltei ao carro e não vi mais Roberval. Minha memória apagou aquele sujeito por completo. Fui pro lado oposto. Fui pro Alto do Vento: realmente ventava muito. No passado era ali que os circos armavam suas tendas. Ainda me lembro da bandeira no topo do mastro com os dizeres "Circo Del Pamplona". Fora ali naquele terreno cheio de escombros que o circo pegara fogo. Levando inclusive meu irmão. O local tinha uma cerca de arames farpados. Apartei os arames e me inclinei. Passei uma perna. Depois o tronco. Depois a outra perna e entrei no terreno. Eu não sabia o que procurar mas procurava. Vi velhos copos descartáveis e tampas de refrigerantes que já não existem e tênis velhos e plásticos retorcidos. O local — após o incêndio — fora interditado e permanecia assim como homenagem aos mortos. No meio dos escombros — depois de horas — avistei algo.

Me acocorei. Afastei a sujeira. Peguei o objeto. Diferente de Roberval minha memória guardou aquilo por completo. Me levantei com o retorcido relógio Champion na mão. Só agora o circo iria parar de pegar fogo.

7

Se engana quem acha que a referência a Wolverine me envaideceu. Nunca fui fã da Marvel. Nem da DC Comics. Nem das obras do selo Vertigo. Heróis belicosos ou catimbozeiros nunca fizeram minha cabeça. Sem contar o trauma que a morte de Lois Lane me causou. Eu gostava era do palhaço Alegria. Eram muitos gibis. Eu não os tratava com o desprezo dispensado aos do Tex. Eu os tratava com carinho. Era nas histórias idiotas do palhaço que eu me encontrava: sempre gostei de ter um hobby. Antes de dormir eu sempre dava uma olhada naquele palhaço-mirim: touca vermelha e amarela. Cabelos arruivados. Nariz vermelho brilhante. Camiseta idêntica ao chapéu. E macacão azul. Eu também tinha um macacão azul. Mas tudo que é bom acaba: Paulinho me pediu emprestados os gibis do Alegria — emprestei — feito um besta. Ele roubou todos. Como? A família do fresco viajou pra São Paulo. Mas dois anos depois ele voltou. Achou que eu tinha me esquecido da história. Achou errado. Parti pra cima do palhaço e tirei sua alegria. E tirei seus dentes. E tirei seus supercílios. E tirei partes de sua bochecha. Ele pediu quando parei pra respirar: Me perdoe. Fiquei em dúvida. Me lembrei do Alegria. O palhaço o perdoaria. Vacilei. Foi então que apareceram meu irmão e Serjão — o irmão de Paulinho. Disse Serjão: Sai de cima de meu irmão. E me chutou. Eu rolei pelo chão. Os safados se juntaram e me deram uma surra humilhante. Teve uma hora em que cheguei a esganar Serjão. Aí o gay do Paulinho deu uma mordida na minha bunda. Na bunda. É possível? Soltei a garganta de Serjão. Foi meu erro. Serjão se safou. E aí foi um massacre. Só foram embora quando cansaram de me bater. Com os olhos inchados vi meu irmão se aproximar. Ele assistiu a tudo sem mover um dedo. Ele disse e eu quase não escutei o conselho por causa dos telefones que Serjão me dera: Está vendo? Quem mandou perdoar? Tem que botar pra conferir, otário. Botar pra conferir, sempre. Valeu, mano.

8

Eu usava meu short *cotton* do Axl. Tinha acabado de sair de uma reunião de vendas de produtos Tupperware. Havia um monte de mulher frustrada ali. Elas não tinham nada pra fazer. E por isso gastavam seu tempo com aquelas besteiras. Eu poderia ter ido àquela reunião pra filar as comidas que elas faziam para demonstrar seus vários acondicionamentos e depois liberavam pro rango. Poderia ter ido pra paquerar uma daquelas velhotas frustradas. Poderia ter ido por inúmeros motivos. Mas fui por um motivo especial. Fui pra escolher uma marmita daquelas para dar de presente pra mãe. Quando saí da reunião apareceram três indecisos do vôlei. Eles me cercaram. Riram do meu short *cotton* e riram do meu recipiente Tupperware. Eram todos maiores do que eu. Mas não abri da parada. Botei o Tupperware no chão e — movimentando os dedos das mãos em minha própria direção — disse: Quem é a primeira? Escolheram o maior. Ficamos frente a frente. Um outro moleque riscou dois círculos no chão e disse com a vozinha típica dos indecisos jogadores de vôlei: Cara de um e cara de outro quem cuspir é gafanhoto. Cuspimos e chutamos as representações de nossas caras. Aí a juíza continuou: Cabelo de um e cabelo de outro quem puxar é gafanhoto. Foi quando ouvi o cara dizer baixinho: Filho de uma égua. Égua? Égua? Mãe é sagrada. Com a mãe não se mexe. Abandonei a vasilha no chão e parti pra cima do infeliz. Da grandona. Foi um cacete. Mas a bestona dava murros na minha cabeça ou então nas laterais dos meus braços. Acertei os rins do otário. O short *cotton* ajudava na liberdade dos meus movimentos. Depois atingi em cheio a boca do estômago. Ele ficou sem ar. E sem nariz. Tome: um gancho de direita e o sangue esguichando no ar. Conselhos: nunca tire onda de um cara com short *cotton* e assista ao Mike Tyson em vez da Liga Mundial. Peguei na munheca do sujeito e retorci. Ele pediu: Por favor, bicho, não quebra meu braço não. Eu disse: Tarde demais. A briga estava encerrada. Me afastei. Me agachei. Procurei o Tupperware. Descobri que enquanto quebrava braços roubaram o Tupperware. Mãe ficou sem a vasilha. Mas acho que ela gostou da minha atitude. Foi um presente melhor: garanto que ela concordaria.

9

Não há intimidade suficiente entre nós. Não mostrarei as várias cicatrizes que tenho pelo corpo. A maioria delas é fruto das quedas que levei no banheiro de casa. Durante a infância. Quando a Lorenzetti lançou suas primeiras duchas elétricas — mãe foi uma das primeiras compradoras. Mandou que instalassem o equipamento no banheiro lá de casa. E aquilo virou um orgulho dela. O inverno era rigoroso na cidade. Mas nunca tomei banho quente naquela ducha. Mãe me proibia e dizia: Quer tomar banho quente, vá comprar sua própria ducha porque essa aqui já tem dona. É minha. Comprada com meu dinheiro. Só eu uso. E eu era obrigado a tomar banho frio. Nos meses de inverno era uma odisseia me banhar. Abria a porta do boxe apressadamente. Entrava e fechava. Abria o registro de passagem e começava a pular embaixo da água gelada. Era a única forma de aguentar aquelas gotas cortantes de tão frias. Nesse primeiro momento do banho não havia problema. Mas aí eu fechava o registro de passagem e ia me ensaboar. Tinha que ser rápido no ensaboado. Pois usava a espuma como um cobertor pra minha pele a fim de suportar o frio. E então começava a segunda parte do banho: a pior. Voltava a abrir o registro de passagem. E voltava a pular embaixo da ducha. Mas dessa vez a espuma que descia do corpo tornava o chão escorregadio. O chão do banheiro era de seixos. Vindos do sertão. E aquelas faces lisas — sem quaisquer aderências — quando cobertas pela espuma do sabonete ficavam escorregadias. Aí meus pés pisavam ali e eu escorregava. Eu sempre caía. Às vezes me machucava. E ficava nu e sangrando e tremendo no boxe do banheiro. E mãe aparecia e dizia: Compra uma ducha, moleque. Deixa de te torturar. Comprei uma ducha com o tempo. Só minha. Mas aí mãe disse: E você vai instalar onde? O banheiro também é meu. E nele ninguém mexe. Foi nesse dia que diante de minha máquina Olivetti escrevi um poema que começava assim: Sou como um seixo / Que desc'inconsciente pelo rio / Um ser sem eixo / Que pelo viver incerto m'atrofio. Claro que não mostrei à mãe. Ela ia dizer que sou fresco. Mas na verdade sou uma pedra. Sou um seixo.

10

Dizem que foi a melhor seleção de todos os tempos. 1982. Mesmo se comparada à de 1970. Bastava o meio-campo: Zico e Sócrates e Falcão e Cerezo. Futebol-arte. As ruas foram emperiquitadas com bandeirolas e balões. Havia pinturas pelo chão. Lembrava o são João. Era certo: a Copa seria nossa. Os jogos eram vencidos com naturalidade. O Brasil avançava. Ninguém deteria aquele time. Até que veio a decepção. Lembro o nome: A Tragédia do Sarriá. Lembro o cara que barrou o Brasil: Paolo Rossi. Fez três gols. Rossi era um safado que participara na manipulação de resultados na Itália. Mas chegou à Copa e destruiu a caminhada brasileira. Quando o juiz apitou o final do jogo — Itália 3 x 2 Brasil — senti — sem saber o que estava acontecendo — eu era uma criança — um silêncio fúnebre no meio de nossa sala. Estavam todos ali. Toda a minha família torcia pelo mesmo objetivo. Minha avó — que como todas as avós não gostava de futebol mas enlouquecia na hora em que a seleção brasileira jogava. Meu irmão — que pela primeira vez não tinha uma gracinha pra soltar. E mãe — que parecia sensível ao olhar os jogadores macambúzios deixando o gramado. Meus parentes: tristes e chorando. Chorando. Aquilo me marcou. Minha família não era muito sentimental. Eles não gostavam muito de chorar. Mas naquele dia choraram. Mudos e compenetrados. Estavam frios e mortificados. A caminhada planejada que daria tanta alegria foi obstruída e findada. Eu não chorei. Eu não sabia o que estava acontecendo. Só sabia disto: os jogadores eram culpados porque não chegaram à final. Na rua vi que não só minha família mas toda a cidade e — mais tarde eu saberia — todo o país choravam. Decidi: nunca deixaria as coisas pela metade. Levaria tudo ao final. Também não sabia o que estava acontecendo quando meu irmão se foi. Quando minha avó se foi. Quando mãe se foi. Só sabia que todos estavam agora frios e derrotados e mortos. Mas me lembro deles naquela longínqua tarde: sensíveis e humanos. E é por eles que não farei como os jogadores. Não terei a caminhada obstruída e findada. Irei até o final com isso. A vida é um Paolo Rossi maldito e fez em mim gols inesquecíveis mas virarei o jogo.

11

Eu queria pegar as gatas. Percebi que elas gostavam muito de certas revistas. Ir à banca e pedir uma *Capricho* — a revista da gatinha — era pôr a masculinidade em risco. Mas eu tinha que saber o que elas pensavam. O que queriam. O cara da banca riu. Eu disse: A *Capricho* é pra minha gatinha. Observei os marmanjos pelos quais as meninas babavam. Eles tinham coisas em comum: cabelos exóticos e roupas esquisitas. Mas o que chamava a atenção eram os sovacos. Todos tinham os sovacos raspados. A partir dali comecei a notar: nos filmes — todos eram depilados. Nas Olimpíadas: a maioria. E era por atores e esportistas que a mulherada gemia. Foram semanas criando coragem para aquela presepada. Passei pela cozinha. O bolo de mãe — do qual eu só consumiria o cheiro — estava assando. Fui pro banheiro. Peguei um pedaço de sabão Bem-Te-Vi. E ensaboei as axilas. Apanhei o Prestobarba. Comecei a raspar os sovacos. Quando estava ali: só de cueca e com os sovacos ensaboados — um deles já raspado — ouvi os gritos. O forno esquentara demais. Derretera a mangueira que passava por trás do fogão e o botijão de gás estava em chamas. A casa iria explodir. Corri pra rua. Deu vontade de voltar pro fogo e morrer carbonizado quando saí de casa: toda a mundiça estava contemplando o incêndio. Torcendo pela explosão. E tudo isso perdeu o sentido quando me viram de cueca e com os sovacos ensaboados. Esqueceram o incêndio e riram. Meu irmão foi até mim. Ergueu à força meu braço e revelou o sovaco raspado. Fiquei acocorado. Puxava meu braço exposto. Tentava em vão esconder minhas intimidades. A viatura chegou. Os bombeiros puxaram o botijão pro meio da rua. A língua de fogo saía do orifício do botijão. O bombeiro apenas botou o dedo ali e tapou o vazamento do gás. O fogo foi debelado. A tristeza e a decepção da mundiça foram gerais. Queriam explosões e mortes. Mas alguém ainda gritou olhando pra mim: Sovaquinho. Sovaquinho. Quebrei o Prestobarba nos dentes. Arranquei as lâminas. Fui até o cara e o degolei: tudo isso no meu pensamento. Eu estava fraco e de cócoras e de cueca. Aguentei as piadas. Pensava: Tudo poderia ter sido evitado se tivesse metido a mão no fogo. Dali em diante fiz isso.

12

A televisão preto e branco de seu Olegário tinha uma tela azul de plástico colocada à frente do *écran* que deixava as imagens mais interessantes e bonitas. Morri de inveja. A partir dali minha intenção era comprar uma daquelas telas pra televisão da sala de casa. Eu teria quase uma televisão colorida. Quase igual à do quarto de mãe. Haja saco de cimento recolhido. Haja pequenos trabalhos realizados. Haja mãos carcomidas. Haja economia. Finalmente consegui comprar uma daquelas telas azuis — de segunda mão. Estava amarrando dois fios de náilon na parte superior da tela e depois iria amarrar as duas outras extremidades nas barras de ferro transversais da parte traseira do carrinho de televisão. Foi nesse momento que meu irmão chegou.

Ele segurava uma faca na mão direita e uma laranja mimo na esquerda. Perguntou o que eu estava fazendo. Expliquei. Então ele filosofou: Deixa de frangagem. O que é cinza é cinza. Não tem por que deixar tudo azul só pra parecer enfeitadinho. E saiu da sala. Terminei de amarrar a tela azul e me sentei diante da televisão. Estava passando os *Superamigos* na Sala da Justiça. Não entendi o que meu irmão quisera dizer. Mas que a imagem ficou mais bonitinha ficou. Como se nota: sempre gostei de tecnologia. E foi graças a ela que meu ofício caiu na boca do povo. Por isso nunca precisei procurar clientes. Eles é que me procuravam. E eu me dava o direito de selecioná-los: por causa da história de vida ou por causa do merecimento ou por culpa deles. Nessa caminhada eu poderia ter colocado uma tela azul. Tudo azul — como diz o ditado. Mas comecei a entender meu irmão: o que é cinza é cinza. Não há por que enfeitar. Não enfeitei. Não usei telas camufladoras ao longo desta história. O *écran* da vida se mostrou sem adulterações. Hoje — como meu irmão naquela tarde — tenho uma faca na mão direita. Estou nesta varanda cercado por vidros blindex. Vendo as luzes da cidade ao longe. Em outras palavras: novamente estou na Sala da Justiça. Mas não tenho *Superamigos*. E desta vez não há azul nenhum que deixará as coisas mais bonitinhas.

13

Minha avó me deu um quebra-cabeça. Quinhentas peças. Uma vez formado mostrava o quadro de Bruegel: *Os provérbios flamengos*. Foi meu primeiro desafio. Mas não estava sozinho pra enfrentá-lo. Tinha minha avó. Às vezes — quando eu ia botando as peças no encaixe errado — ela colocava a mão dela sobre a minha e me guiava na direção correta. Foram dias assim. Até que tudo estava pronto e coloquei a última peça: *Peixe grande come peixe pequeno*. Mas não era o quadro que tinha graça. Não era o fim que interessava. Era a caminhada. Quando minha avó levou a pilãozada na cabeça suas mãos nunca mais me guiaram. Toquei nelas no velório.

No meio do caixão. E aquela não foi a última vez que peguei nas mãos de minha avó. Durante anos precisei que ela me guiasse. Era impossível. Me guiei sem o auxílio dela. Tudo poderia ter sido diferente? Talvez. Mas houve o último toque. Era preciso exumar o corpo de minha avó. Para que o DNA dela fosse colhido e comparado ao meu. O coveiro abriu a gaveta do jazigo. Puxou os ossos dela pra fora e colocou-os num engradado de plástico branco. Fomos pra uma sala no cemitério. O pessoal da justiça recolheu os fragmentos que precisava. Eu disse que queria ficar ali um tempo mais. Tenho anos de prática em montar quebra-cabeças. Tenho anos de prática em mexer com cadáveres. Não foram muitos minutos: recompus o esqueleto de minha avó. Passei a ponta de meus dedos sobre os ossos de suas mãos e me lembrei daqueles dias em que o afago daquelas mãos era a única coisa que eu tinha. Acariciei o rádio e o cúbito que um dia — envolvidos em pelancas — me abraçaram. Alisei o crânio do esqueleto imaginando os cabelos brancos que estavam ausentes. E disse no buraco lateral do crânio. No que antes fora o ouvido: Não. A senhora não poderia ter me impedido de ser o que sou. Me afastei. E a olhei pela última vez. Todos os ossos no seu lugar: um quebra-cabeça perfeito. Sempre fui bom nisso. Em montar e em criar quebra-cabeças. Se você fosse tão bom quanto eu em ligar peças soltas talvez não houvesse mais perguntas sem respostas nesta história. Eu ainda poderia — como minha avó — guiar você. Mas só botarei minha mão sobre a sua pra amputá-la.

14

Toda Sexta-Feira da Paixão eu era jogado na casa de vovó. Passava o dia com ela. Sob seus cuidados. Naquele dia santo tudo era proibido. Assistir aos programas seculares na TV: proibido. Ouvir música profana no rádio: proibido. Escondido sob o tanque de lavar roupas tentei abrir um Serenata de Amor. Vovó me puxou lá de baixo. Me deu uns cascudos. E tomou o chocolate. Não se pode comer chocolate na Sexta-Feira da Paixão. Jogar bola: inimaginável. E comer um daqueles peixes suculentos cujo cheiro chegava dos quintais alheios: nem pensar. Dizia vovó: Sexta-Feira Santa é dia de jejum. E eu ficava pasmando e dormindo o dia inteiro. Mas só dormia enquanto vovó dormia. Pois se ela estivesse acordada lá vinham cascudos e a vigília tinha que ser mantida: era tudo pecado. À tarde assistíamos à *Sessão da Tarde*. Podia. Era: *A vida e a morte de Cristo*. Uns atores canastrões vivenciando uma história que todos já sabem de cor. E que eu acrescentava: Bem-aventurados os que não conheceram vovó. Me animava quando chegava a noite. Fazia planos pra desenterrar os Judas alheios e depois da meia-noite correr até a porta do matadouro. Lá carnes seriam assadas e sangue seria cozido e os Judas espatifados — uma festança depois de um dia de penitência. Nesta noite de Quinta-Feira da Paixão observo o clarão de um carro explodindo. Mas pela esquina do meu olho passa uma sombra. Olhos me veem. Não os de minha vovó. Estes a terra — que não jejua — já comeu. É um moleque de rua. Ele viu tudo que ali acontecera. Corro atrás dele. No escuro o iniciante tropeça e cai. Não tropeço. Não caio. Estou acostumado à escuridão. O homem caído tapa o rosto com as duas mãos e diz: Não vi nada, não me mate. Digo ao safado: Viu sim. E você vai me cabuetar sim. Estou com a marreta. O alvo é a cara do sujeito. Não posso deixar rastos. Ergo a marreta com as duas mãos acima de minha cabeça. Mas durante esse gesto o meu relógio passa diante de meus olhos. E vejo as horas. Já passa da meia-noite. Já é outro dia. Matar durante a Sexta-Feira da Paixão — diria vovó — é proibido. E respeito vovó. E baixo a marreta. E chuto o cara que corre pro meio dos matos. Eis minha penitência.

15

Meu irmão me ensinou a pescar. Me levou pro rio e mostrou como se fazia. Não sei se ele estava querendo estabelecer algum ritual masculino entre os homens da família. Ou se apenas via ali uma boa oportunidade de no futuro me matar afogado. Sem deixar quaisquer suspeitas. Meu irmão era escorregadio como um muçum na lama. Tentei várias vezes pegar um muçum mas escorregava. Minha memória hoje tenta pegar meu irmão e fazer um retrato fiel dele mas ele escapa: um muçum por entre os dedos enlameados da memória. Naquele dia de treinamento pescamos de loca — que se tornaria meu jeito preferido de pescar. Ele pisou num carito ao entrarmos no rio. As espinhas no dorso do peixe feriram os pés do meu irmão. Ele se irritou e me mostrou a sola e ela estava com uma carreira de pontos vermelhos. Disse: Maldito peixe. E começou a mergulhar e a vasculhar nas locas o peixe que fizera aquilo. Mergulhava fundo e nada. Dois ou três minutos de submersão até que trouxe à tona um carito. É claro que ele jamais saberia se foi aquele peixe que o ferira minutos antes. Mas mesmo assim se vingou. Pegou o carito pelo rabo e começou a jogá-lo na pedra até que ele se tornasse uma pasta informe. Foi naquela pescaria tão inspiradora que ele me ensinou outra coisa importante: Era um Sábado de Aleluia. E ele contou por que estávamos ali. O Sábado de Aleluia era um dia especial segundo nossa avó. Um sínodo iria examinar um exemplar da Vulgata — uma antiga tradução latina da Bíblia — e procuraria nela uma gota de sangue do Cristo. E o mundo acabaria naquele mesmo dia se não a encontrassem. Ele disse: Nós já encontramos nossa gota de sangue — e apontou pra pedra e pra pasta em que o peixe se transformara. E rimos. Pescamos o dia inteiro. Fizemos com talos de taboa duas fieiras de peixes. E voltamos pra casa. Os cabelos crespos e endurecidos e os olhos vermelhos e satisfeitos. O sol se punha e o mundo tinha uma coloração especial. Se fosse pra acabar que fosse naquele dia tão bonito e completo. No único dia em que não me lembro de meu irmão me batendo. Mas o mundo não acabou. E neste Sábado de Aleluia não espero mais que padres procurem sangue. Eu é que tenho sangue a procurar.

16

Love glove — na Inglaterra. *Rubbertje* — na Holanda. *Lümmeltute* — na Alemanha. *Pei dang yi* — na China. *Capote anglaise* — na França. *Guanto* — na Itália. Por que sei o nome de camisinha em tantos idiomas? Porque usei bem o dinheiro que consegui. Taittinger. Veuve Clicquot. Don Pérignon. Bebi todas. Cheguei a jogá-las no ralo da pia em momentos de imensa saciedade. Quando a moda era o estilo sóbrio militar — me vestia assim com as melhores marcas. Quando a moda mudou pro xadrez — migrei pra tal estampa. As contratadas diziam que o xadrez combinava com meus olhos: o meu grande orgulho — além de minha nacionalidade. Mas era mentira delas. Era pra que eu as recompensasse com um pouco mais de benevolência.

Era o que eu fazia. Mas não me confundam. Não sou materialista. Provo: Mãe tinha um Opala. Era amarelo-ovo e as luzes traseiras eram redondas e vermelhas e os faróis dianteiros brilhavam e nas laterais havia duas longas listras pretas. Era o orgulho dela. E isso diz muito sobre nós dois. Nunca gostei de coisas materiais. É claro que usufruo delas. Mas não as amo. Mãe — eu me lembro — amava o seu carro e era uma péssima motorista. Em todos os cruzamentos e em todos os semáforos ela deixava o carro morrer: tirava o pé da embreagem com o carro engrenado e o carro morria. Eu — no banco de trás — gritava: Morreu o carro. Ela olhava pra trás e eu parava a mangação. Tire onda do meu Opala ou de mim que quem vai morrer é você. E não havia dúvidas quanto a isso. Mas eu achava aquele Opala só um carro: um monte de ferragem em cima de dois eixos com quatro blocos de borracha nas extremidades. Não é o dinheiro o que me move. É algo mais: é quando meus olhos revelam os olhos mortais de mãe quando ela me ameaçava: Quem vai morrer é você. Hoje não fico apenas na ameaça. E ainda ganho por isso. E o que essas considerações têm a ver com o Domingo de Páscoa? O dia em que se celebra a Ressurreição? Nada. Meu ramo não é ressuscitar. Meu ramo é outro

17

Há — no centro da sala — um sofá. O rapaz caminha pelos cômodos. Todos estão vazios de pessoas. E agora ele percebe: esvaziados aos poucos de significado. Como uma cusparada que começa a secar. O rapaz não sabe o preço dos móveis e não sabe a utilidade da maioria deles. Nunca se interessou por isso. Seus interesses são outros. Vai ao banheiro e observa o chão de seixos lisos e o chuveiro Lorenzetti. Depois o rapaz entra no quarto do irmão e vê os vários troféus e medalhas. Também teria troféus e medalhas — se guardasse as lembranças dos vice-campeonatos. Aquele quarto já não era habitado desde que o circo pegara fogo. O rapaz vai pro seu próprio quarto. Há poucas coisas nele: uma Rolleiflex e uma bola canarinho e um par de Kichutes e chimbres e atiradeira e espingarda de ar comprimido e pião e um dominó. E por fim o rapaz vê o pôster de Axl Rose. Há outras coisas. Mas o rapaz já não olha: como nunca olhou pras unhas podres de seus dedos pois ao serem arrancadas já não faziam mais parte dele. O rapaz olha pro corredor vazio. Há mais um quarto pra ser observado: o materno. Não se lembra ou realmente nunca entrara ali. Abre o guarda-roupa da mãe. Observa calças e blusas e jalecos brancos. Procura algo nas gavetas da penteadeira. Naquelas gavetas há um monte de contas pagas. De dez ou de quinze anos antes. A mãe era meticulosa: tinha tudo arquivado. O rapaz se espanta: em todo o quarto não há uma lembrança dele ou do irmão falecido. Não há um retrato sequer. Nada. O rapaz corre até os carros na garagem. A Belina e o Opala ainda preservados. Ele pega a chave e a coloca na ignição do Opala. O tanque está quase cheio. Abandona a casa — dente cariado: que serve mas dói. O rapaz dirige pela cidade e pega a BR e dirige nela sem a menor noção de para onde vai. Viaja até que a gasolina se acaba. Abandona o Opala. Continua a pé. Anoitece e depois amanhece e ele continua a andar. No meio do mais desconhecido lugar em que já esteve: cai sem forças. Antes do desmaio: a última imagem que vê: o sofá no meio da sala: sobre o móvel: a mãe assassinada. O rapaz sou eu. E o rapaz não está triste: Está — nas palavras dele — livre pela primeira vez.

18

O corpo morto de minha mamãe foi deixado no sofá no meio da sala. Fui eu quem o recepcionou e ficou durante minutos olhando aqueles lábios roxos que nunca me beijaram e estavam agora entreabertos e mortos. Da sua boca — muda pra sempre — escorria uma baba avermelhada. O nariz que nunca reconheceu meus cheiros estava agora eternamente tapado pela morte. Seus olhos mortiços olhavam cegos pro imaginário céu além de mim. Olhos que sempre preferiram olhar meu irmão. Aquele era o corpo que nunca de fato me encontrou e me acariciou. Tive que fechar os olhos: pois havia me dado uma pequena vontade de chorar. O vestido vulgar de um vermelho dramático me lembrou algo. Uns dias antes eu estava datilografando na minha máquina Olivetti vermelha recém-adquirida — comprada com meu próprio dinheiro. Minha mamãe chegara e dissera com aquela boca que agora estava roxa: Você não tem o que fazer com dinheiro não é? Ouvi a repreensão calado. Eu tinha um plano pra conquistar o amor de minha mamãe. Passei um dia batendo naquelas teclas e estragando praticamente uma resma de papel. Mas no final daquele dia eu tinha um poema fabricado. O poema era em homenagem à minha mainha. Me aproximei e toquei suas mãos — mãos que agora estão inertes e pendem do sofá como lágrimas que jamais se espatifarão. Ela se virou e me encarou com aqueles grandes olhos claros que agora não veem mais nada. O olhar que ela me lançou era idêntico ao que tinha agora: ela sempre me achou um nada. Perguntou: O que foi? Eu disse: Escute. Ela respirou fundo e suas narinas se movimentaram revelando um enjoo — e eu já não a veria outra vez arfar e os seus orifícios nasais se dilatarem. Li o poema pra ela. Pra minha mainha. Depois de ouvir o texto ela disse com aquela boca roxa e sanguínea que está lá na sala: Deixe dessa frescura de poesia e vá arrumar uma ocupação de macho. Hoje mainha se orgulharia de mim. E do meu ofício. É uma ocupação de macho. É o meu plano pra reconquistar o seu amor. Mas acho que já não há mais amor disponível.

19

Nunca vilipendiei meu corpo. Mas resolvi fazer uma tatuagem. O tatuador passou a gaze com álcool no meu bíceps esquerdo e disse: Vai doer. A primeira palavra a ser tatuada era: AMOR. Busquei a primeira lembrança que tenho de mãe quando a máquina zuniu. Fui à escola com um ano e pouco. Mãe queria que eu fosse independente e sociável. Independente ela conseguiu. Sociável? Esquece. No meu quinto aniversário voltei pra casa mais cedo. Meus colegas ganhavam festa-surpresa. Eu esperava a minha. O transporte me deixou mas não havia ninguém em casa. Pensei que estavam preparando a farra. Porém tudo estava no seu lugar. Nada indicava uma festa ali. Exceto o armário estranhamente aberto. Havia nele um bolo de chocolate. Tirei o bolo dali e o coloquei na mesa. Mãe apareceu e disse: Tira a mão do meu bolo, ladrão. Ela pegou o tamanco e continuou: Quer um bolo? Balancei a cabeça — eu era uma criança. Ela espalmou minha mão e tome: uns vinte bolos com o tamanco. O tatuador: E agora? Eu disse: SÓ DE. O barulho da agulha me levou a um certo Natal. Papai Noel botava os brinquedos sob a cama. Eu tinha esperanças. Deixei a janela aberta. Tentei não dormir. Não consegui. Na manhã seguinte — assim que acordei — olhei embaixo da cama. Pra minha surpresa havia uma bola. Nem era de couro. Era uma bola de soprar. Era fosca e com um bico esquisito. Mas já era alguma coisa. Fui à rua mostrar meu brinquedo. Todo mundo que olhava minha bola de soprar começava a rir. Não entendi. Até que alguém disse: Bocó, isso é uma camisinha. O tatuador: E a última? Eu disse: MÃE. Eu tinha direito a lanchar uma vez por semana. Mãe abria o armário e me dava uma banana-baié e cinco cream crackers. Era o momento mais legal a cada sete dias. Se eu comesse aquilo noutro lugar não tinha graça. Era mãe quem dava — e isso fazia toda a diferença. Num dia de fome roubei a chave do armário. Mãe me flagrou. O tamanco agora foi na minha cara. Perdi um dente mas não perdi o sorriso. O tatuador acabou: Doeu? Ele realmente não sabia o que era dor. Ergui meu braço e li: AMOR SÓ DE MÃE. Aquilo na minha pele não era uma novidade. Por baixo dela mãe já havia deixado muitas outras tatuagens — indeléveis.

20

Aprendi a jogar baralho aos 5 anos — especificamente: relancinho. Ganha a partida quem faz três jogos com as cartas que recebeu. Os jogos podem ser: números iguais com naipes diferentes. Ou: sequência de três com o mesmo naipe. E por fim a carta bêbada é o descarte. Durante toda aquela noite — com febre — mexi o baralho no escuro do quarto sem ter com quem jogar. Foi quando ouvi um barulho na sala. Me levantei. Espiei da porta do quarto: Vi mãe chegando em casa. Um tempo atrás havíamos enterrado minha avó. Depois disso meu irmão também fora sepultado. Mãe colocou fotos sobre a mesa da sala e começou a chorar. A luz do lustre não se espalhava pela casa. Dava a mãe um ar de santa. Ela enfiou os dedos entre os cabelos e segurou a cabeça. Soluçava. Vi suas lágrimas caírem e molharem as fotos. Tremi na base. O baralho caiu das minhas mãos ao chão. Ela ouviu. Mãe se recompôs e veio em direção ao meu quarto. Pensei que iria apanhar. Corri pra cama e abracei os joelhos. Ela se sentou do meu lado no escuro do quarto. Era o fim da madrugada e o começo do novo dia. Não entendi: mas em mim algo chegaria ao fim e algo novo começaria. Mãe esticou a mão para ordenar meus cabelos suados. Seria o primeiro carinho que eu receberia dela. Mas sua mão desistiu talvez encabulada. Ela disse: Filhinho, o que você quer da sua mamãe? Estávamos no escuro. Não a vi nitidamente. Mas gosto de acreditar que vi seu rosto bonito e desarmado — um rosto materno. Ela repetiu: Filhinho, o que você quer da sua mamãe? Me lembrei que na chácara havia um pé de manga. Seu tronco se bifurcava em Y. Lá eu ficava em um galho e meu irmão no outro. Mamãe e vovó nos olhavam da varanda. Ali chupávamos as frutas e conversávamos e éramos irmãos. Mamãe e vovó sorriam coniventes pra gente. Eu disse a mãe: Quero frutas. E ela se levantou da cama e disse: O dia nasceu. Vou à feira comprá-las pra você. E ela beijou minha testa. E ela saiu no meio do escuro em direção à luz. E ela só encontrou a morte.

Agradecimentos

Serei sempre grato a Gecy Rodrigues, Franklin Alberto T. de Holanda, Nivaldo Tenório, Marcilene Pereira e Helder Herik, por estarem aqui desde o início.

Agradeço também à organização do Prêmio Sesc de Literatura pela revelação de talentos e pela valorização da literatura nacional.

E, ainda, obrigado ao Grupo Editorial Record pela parceria nessa empreitada, bem como a todos os profissionais que contribuíram para a concretização deste projeto.

Este livro foi composto na tipologia Minion
Pro Regular, em corpo 12/17, e impresso
em papel off-white no Sistema Cameron da
Divisão Gráfica da Distribuidora Record.